DEPOIS DO TROVÃO

MICHELINY VERUNSCHK

Depois do trovão

Copyright © 2025 by Micheliny Verunschk
Mediante acordo com MTS Agência

Grafia atualizada segundo o Acordo Ortográfico da Língua Portuguesa de 1990, que entrou em vigor no Brasil em 2009.

Capa
Alceu Chiesorin Nunes

Imagem de capa
A bordo, de Aline Bagre, 2024. Bordado livre, 30 × 30 cm.

Preparação
Márcia Copola

Revisão
Angela das Neves
Ana Alvares

Os personagens e as situações desta obra são reais apenas no universo da ficção; não se referem a pessoas e fatos concretos, e não emitem opinião sobre eles.

Dados Internacionais de Catalogação na Publicação (CIP)
(Câmara Brasileira do Livro, SP, Brasil)

Verunschk, Micheliny
    Depois do trovão / Micheliny Verunschk. — 1ª ed. — São Paulo : Companhia das Letras, 2025.

    ISBN 978-85-359-4054-1

    1. Ficção brasileira I. Título.

25-264083   CDD-B869.3

Índice para catálogo sistemático:
1. Ficção : Literatura brasileira B869.3

Cibele Maria Dias – Bibliotecária – CRB-8/9427

Todos os direitos desta edição reservados à
EDITORA SCHWARCZ S.A.
Rua Bandeira Paulista, 702, cj. 32
04532-002 — São Paulo — SP
Telefone: (11) 3707-3500
www.companhiadasletras.com.br
www.blogdacompanhia.com.br
facebook.com/companhiadasletras
instagram.com/companhiadasletras
x.com/cialetras

À desconhecida avó Unhanhum, do alto da Borborema, das margens do Mundaú, de quem não restou senão o nome do seu povo. Ela habita a Mata do Cariri, o lugar mágico da minha família, onde ficam as crianças ainda não nascidas, para onde vão os nossos mortos, o lugar onde os bichos falam.

*E Colombo viu toda a natureza em chamas
e viu a noite apocalíptica
e o sonho do rei perturbado
dissolvido em luz.*
> Patti Smith, "Constantine's Dream"

Com tais fragmentos foi que escorei minhas ruínas.
> T.S. Eliot, *Obra completa*, v. 1: *Poesia*

~~HISTÓRIA DA GUERRA MIÚDA~~
DA PRIMEIRA MORDIDA DE YAGUAROVÝ

Quando dona Jerônima chegou em comitiva, lançando o olhar àquele sem-fim de terras que haviam de ser suas por direito, por mulher que era do Estrondoso, passado o assombro que era meu diante de sua beleza, tive ímpetos de dizer-lhe que aquele sertão não seria lugar a mor d'uma senhora como ela ter por morada, tão moça e delicada era, que o certo é que não passava mesmo d'uma menina.

E me alembrei do que mo disse, em certa altura, a mim, o velho Pay Deré, que o sertão não é para as mulheres e nem para os seres gentis, deveras não recordando que mesmo o rutiloso guanumbi e a lumiosa flor do jamacaru têm no sertão a sua oca e o seu jardim.

E é disso que me adisponho a contar.

Do sertão e de suas guerras e lides, conquanto voe nele, n'algum pedaço, bem ligeirinho um guanumbi ou que se ganhe a vida pelo amor d'alguma felpa da flor do jamacaru.

Anhê!

Tive três nomes ao longo da vida. O primeiro foi Auati, morerocara, o nome que me deram minha mãe e os seus parentes, por conta do sapecado do cabelo que do meu pai herdei, e este o meu nome em segredo, escondido dos abarés jesuítas como Pay Deré, e dos feitores e de dona Eleutéria, a dona do engenho e do aldeamento donde primeiro vivi, e mais de seus filhos. Nome que se alumiaria sempre por trás das bolas dos meus olhos, porque quando os mandatários d'El-Rei e de Nos'Senhor acá chegaram nessas terras para seu mando, os nomes foram das primeiras cousas que o gentio e seus filhos perderam. E assim o digo mesmo na sabença de que gentio não sou. Mas é forçoso assentir que embora sangue do sangue de Pay Deré, venho de modo igual de Maria Grã e de seus parentes, estes, sim, da raça dos gentios. E que, por entendimento dessa mistura, se deu de meu couro ser assim encardido, couro de mameluco.

Quando Pay Deré, ele mesmo, mo batizou com o meu segundo nome, o nome Auati desluziu como estrela distante e passou a latejar fraquinho. Não apagado, mas como que em sonho que se desmancha pela manhã. E de tanto ficar acobertado, houve um tempo em que o dei por perdido para o mundo e para minha pessoa, n'um esquecimento, uma fraqueza que me deu.

Já do meu segundo nome, não dou de revelar aqui ainda, a mor de que tenho meus motivos e receios para não dizê-lo, como se verá. Que fique guardado por enquanto esse segundo nome, é o que peço. Por mor de que falo de Auati e hei de confessar, no entanto, que das vezes, antes que o sono me leve para seus sítios, apercebo uma voz que clama de maneira mui límpida,

Auati!

Auati!

E eis que chega Auati.

E julgo ser, ora a voz de Maria Grã, minha falecida mãe, ora a voz de Inauré, a mãe que me foi dada, ora uma voz arrevesada, que desconheço, mas inda assim mui suplicante de mim.
Conquanto, porém, que a mim se conheça, ao menos nesse trecho, como Joaquim Sertão, terceiro e derradeiro nome que dei de ganhar nessa vida, o nome da guerra, por causa de que é mesmo o sertão que vem parindo gente como eu, desgarrada, gente que não se toma mui por gente, que dá parecença de ser outra cousa, igual e diversa, que pudera até ser bicho, ou talvez cascabui.

Ou vai que é gente mesmo.

E quem há de distinguir?

Por causa que dentro do sertão, nos colocamos é por baixo da aba do seu chapéu de famigerado comandante, oferecendo a ele nossos préstimos, nossa vida e a vida dos outros, nossos nomes e tudo o que nos faz sermos quem somos, que é para isso que acá estamos. Escomunal, o sertão, é bom de se dizer. De se avisar. E com seu aspecto feral e temível, inda assim é tido por confiável por aqueles que vão de trevés nas suas quadradas. Porque o sertão sabe ser pai e mãe quando bem quer. Como a jaguara que leva nos dentes seus bitelinhos, ora dando de mamar, ora prisunhando suas caras a mor de lhes ensinar a vida.

Há de ser por mor de que as feras se entendem com as outras feras.

E em se entendendo acabem por saber melhor os caminhos para si e para todos, e isso pode ser que se constitua n'alguma vantagem, eu penso, talvez porque melhor estar sob as ordens do sertão, do que diante da lâmina de sua degoladeira, do dente agudo por demais de suas frechas. Mesmo que por qualquer capricho ele se possa voltar contra quem lhe deve amor, temor, obediência.

Caminho dos Gaspares

Na criança repousa o homem que um dia há de acordar. E o homem no qual te tornarás será casto, puro e bom. O melhor que lograrei conseguir. Valente quando o tiver de ser. E, para a glória de Deus e de seu Filho, Nosso Senhor Jesus Cristo, e pela graça do Santo Espírito, que paira no alto com suas alvas asas e grande misericórdia, cercado pelas potestades e anjos, haverás de ser, também, provado nas tentações.

Isso mo diz Pay Deré no caminho que seguimos os dois, retirados que vamos do engenho de Santo António dos Gaspares. Por cunumín que era, deveria eu de ter pouca relembrança desse lugar meu de origem, mas no passo que dou de envelhecer, é esse sentido que me volta, trazendo com viço os sítios do meu passado.

Mundo que eu tenho até ali, é o do aldeamento e do engenho mesmo, com sua grande casa de quatro lances na qual nunca que haverei de entrar. E mais a senzala, a casa menor, a ermida, o moinho, o trapiche, o cemitério, e mais o mato, o canavial e em torno disso tudo as muralhas. No engenho, são bem poucos os negros d'Angola. De tacheiros e caldeireiros labutam meus parentes bugres, os tutiras, irmãos de minha mãe, as cy-yras, irmãs deles.

E também ali é que dá conta de suas obrigações, Maria Grã, a minha mãe mesmo, em cujas pernas me agarro feito pelanquinho que se agarra nos costados de sua mãe capiiguara. Disso bem me alembro. Como me alembro do cheiro de rapadura que do tacho se alevanta a mor de cobrir o mundo inteiro e que toma o corpo dela, de Maria Grã, de modo que é de melaço que lhe tenho por relembrança n'um maior contentamento.

Mui embora ali trabalhem tutiras, cy-yras, negros angolas e mais o feitor e os colonos, o engenho de Santo António dos Gaspares se está arruinando, bem se vê. A grande casa se dá por destiorada e o povo do aldeamento não tem mais a força que tinha des'de a última moléstia que o assolou. A roça de mandioca toma conta do canavial velho e a senzala donde moram os angolas já, já dá de cair. No aldeamento, a vida que eu tenho por minha é de correr por suas quadras e pelo terreiro com os outros cunumíns, em grandes distrações, desse remanso só saindo, ora a mor de acompanhar Maria Grã ao tacho ou ao trapiche, ora mesmo que para receber o catecismo na capela.

Há, por certo, em São Vicente, a Casa de São Miguel, em que se ensinam as leis e as palavras de Cristo para os cunumíns tudo, lugar donde também nunca que estarei por mor de dona Eleutéria de Goes, a viúva que ficou por dona do engenho, tomar por sua conta tal educação, seja dos filhos de bugres, como eu, seja dos filhos das mamelucas, corrigindo a nós tudo a fala e o corpo conforme o seu entendimento e o da justiça de sua palmatória. De modo que a ermida de Santo António é também o nosso colégio.

Dona Eleutéria é uma mulher seca de carnes, de dedos mui longos e de cabelos brancos sempre presos n'um cocó. Por dó de seu marido que morreu é que dá de se vestir de preto, sempre com túnica e tabardo escuros. Tem poucas vestes ou é sempre a mesma, que acá não há quem tenha luxos, a mor disso é que sempre está de igual feitio. Traz os pés e as mãos cobertos de quitãs, aos quais chama de berrugas, e tem dois filhos os quais lhe ajudam no engenho, e inda o outro, o mais velho, que foi fazer sua sorte em Potosí, se perdendo sabe-se lá em quais veredas que dão de atravessar o Peabiru, trilha do céu, trilha do chão para tudo que há de riqueza. Quem sabe se chegou, se se deu por extraviado, notícias desse filho há mui que ela não tem e a mor disso se entristece e suas rezas são sempre infelizes.

Só de tempos em tempos é que vem socorrer ao engenho um abaré jesuíta, esse mesmo Pay Deré que fala a minha pessoa pelos caminhos em que seguimos os dois. Por abarebebé que seja, em nunca parando n'um mesmo lugar, que n'um sítio ou n'outro se acha ou se dá notícia de ele ter estado, pelos caminhos dos sertões de longe ou de perto, a pé, de canoa ou de burrico, estando sempre em movimento, é que esse Pay Deré está todo tempo metido em andanças. E ele chega e tomamos a sua bença e ele pispia se o ofício de dona Eleutéria se dá por certo e piedoso e canta com nós tudo, pequenos e grandes, as canções e os teatros de seus ensinamentos.

E para se acostar como homem se acosta a uma mulher, se achegando no corpo de Maria Grã, a minha mãe, é que ele também evém.

Mas contava eu que, com ele, prossegui foi por diversa paisagem, ignota vereda, deixando para detrás o engenho dos Gaspares. O feitio do meu corpo é bem pequeno, por cunumín que inda sou, e tenho o nariz melado de ranho. Decerto por ter chorado. Uma corda se me enlaça o pescoço e por tal corda sou conduzido por ele, que vai à frente. Decerto por ter me posto em fuga despois de grande arenga de pés a chutar para com ele não prosseguir. Acá, nesse trecho que relembro, sou borrego novo a cujos cascos inda não se domesticou e com a minha cabeça dou marradas. Com a outra mão, Pay Deré conduz seu burrico pelo arreio.

    Quando no tempo de antes ele vinha, nas visitas aos Gaspares, com o outro jesuíta, mais velho, de nome José, palavra alguma dizia a Maria Grã e nem pispiá-la de frente o fazia, como se nenhum conhecimento dela ele tivesse. Mas, despois nas vezes muitas que vem no aldeamento sozinho, se tem mesmo por homem dela e com ela se deixa vadiar na rede a mor daquelas xumbregações. E disso sei pelo repetido de vezes que assim o fez mesmo quando estava a minha pessoa, inda que bem pequena, a sugar o leite do peito de Maria Grã, cousa a qual ele, queremé, nem não podia esperar que acabasse, por ser grande sua necessidade de macho naquelas horas.

    Mato d'um lado, mato de outro, nunca que estive antes tão distante do aldeamento ou do engenho. Já não falo. E despois d'um tempo já não choro. O que resta é de quando em quando um soluço fundo e tudo fora de minha pessoa me soa por demais estriduloso, não só a voz do homem, mas todo o resto, os pássaros tudinho, o mar rebatendo na distância.

    yapuyapuyapu

Assim é que o mar barulha.

O Enguaguaçu vai ficando mui distante. Minhas duas mãos me tampam as ouças e sigo de cabeça abaixada. Pay Deré me chama seguidamente por um nome diverso, diferente do meu e repete o que disse dantes. Mo diz também que não esmoreça, mas quando esmoreço e já não tenho força de resistir a sua aproximação, me pega e me trepa no lombo do seu chaburrinho e despois sobe em cima da montaria, eu na frente, ele por detrás. A corda continua em volta do meu pescoço do mesmo jeito que está em volta do animal, e assim prosseguimos, eu e mais o burro. E Pay Deré.

O sentido das palavras que mo diz, escapa ao meu entendimento, não por mor de não conhecer a sua fala, que a conheço bem, mas que ali ela me parece dita por baixo da água do rio ou das apenungas do mar. Mas pela constância de tê-las repetido por diversas ocasiões, *Na criança repousa o homem que um dia há de acordar*, é que devo de ter guardado em relembrança, despois de ter aprendido o que elas queriam dizer, à vera.

Quando nos pusemos nessa jornada, eu e mais ele, tinha um tempo já que Maria Grã morrera e fora enterrada e eu tinha por nova mãe Inauré, mulher do meu tio Icobé, também chamados de Joana e José de Arimateia, tendo por irmãos os filhos deles, como haveria de ser. Pay Deré estivera internado n'um sertão por algum tempo e só soubera do acontecido quando retornou ao engenho.

Nesse tempo havia chovido tanto que o mundo se tremia por inteiro e quando a chuva se deu por vencida ao cabo de muitos dias, o céu deu de clarear mui branco, embora sobejasse um grande frio. De modo que, embora gélidas, as noites estavam lumiosas da lua até que se deu que de dentro das sombras um velho gritou no meio do terreiro a mor de que ela, a lua mesmo, estava dando de ser engolida lá no céu pelo grande jaguar Yaguarový. Pode de ter sido o meu avô quem gritou, o pajepuerama, mas pode de ter sido outro, que dessa miudeza é que não me alembro ao certo.

O que teve foi que o grito se ouviu e a cada vez que a lua era mais comida, mais desaparecia a sua luz e mais se encobriam o engenho e o aldeamento, o mundo todo. Foi grande o pavor e todos choraram, de novo por Maria Grã e pelos outros que tinham morrido de séria moléstia não fazia muito, e pela nova e maior desgraça que haveria de acontecer e que aquela cousa desnatural nos avisava. Por tão grande pavor ficamos recolhidos por resguardo, feito puba, o que causou grande fúria da viúva do engenho, dona Eleutéria, e mais dos seus feitores e filhos.

Foi quando ela mandou chamar um padre qualquer em São Vicente a mor de pacificar o aldeamento, mas foi Pay Deré quem ressurgiu, trazendo sua sabença de acalmar a todos diante daquele sucesso triste que a lua vinha por avisar. Quando deu de procurar Maria Grã para as vadiações que tinha de ajuste com ela, certo era que Maria Grã já não havia. Ao saber de tal tristeza, o abaré jesuíta se pôs por mais vermelho do que já era e abaixou a testa e segurou a própria cabeça em demonstração de grande compungimento. Despois de alguns dias em que esteve entre a casa-grande e o aldeamento, a ermida e a casa-grande, teve por ideia de mo levar com ele a Piratininga e, assim, ajustou tudo, pagando meu peso a dona Eleutéria.

E é por isso que vou com ele nessa margem.

Xe rúbape, Pay Deré. Por causa de que não era, ele, mesmo, na vera, o meu pai? Meu pai de sangue?

Caminho de Serra Acima

Talvez pelo assombro de que o mundo fosse um estirão que se mostrava já bem mais grande do que eu agarrava de imaginar, entre o engenho e o povoado de São Paulo dos Campos de Piratininga, a que chamávamos inda, vez por outra, de Serra Acima e até pelo velho nome, Inhapuambuçu, ou pelo enorme temor que me tomou naquela viagem, sem quem me valesse senão aquele homem, que não deixava de me ser estranho, tão logo apeamos, se abateu sobre mim uma moléstia de alta febre e vômitos, monga que me saía aos jatos, aos quais Pay Deré tratou com sua sabença, que misturava um tanto à ciência dos naturais da terra.

Medicina que cessaria o vomitório e o achaque com o sumo d'algum mato próprio, erva-santa ou outra de igual valia, que era dada espremida em minha boca. Colocou-me também em rija dieta, me apartando de comida que fosse cálida, azeda, doce ou salgada, fumegando em redor de mim o fedegoso da fumaça da pólvora, que dizia ser boa para os engulhos e não permitindo senão um pano úmido passado pelo meu corpo mui suado e pegajento.

Por alguns dias o de comer e o de beber foi um caldo ralo e insosso, que me preparava Tacuapu, bugra que cuidava dos troços, comidas e mandados dos abarés jesuítas mas que tinha sua tapera, donde morava com outras mulheres, a meia légua de distância do Colégio. Seria ali donde eu viveria a maior parte do tempo naquele pedaço em que vivi em Piratininga.

Tacuapu limpara minhas sujeiras e aplacara meus suadouros se apercebendo de pronto quem eu era e qual a minha natureza, do que me sobejava e daquilo que a mim me faltava. Apresada quando tinha mais ou menos o meu tamanho, já bem despois das cinzas das refregas contra os tamoios, valorosa guerra que assolou essas terras d'El-Rei, ela me olhava a mim com seus olhinhos de mansa muçurana, tamuya, ela, e, por sua vez, se achegando em cuidados e desvelos.

Era uma velha, já. E de mui afetos. Falta que sinto de seus cuidados nesse catre adonde tenho passado a maior parte dos meus dias é que, por sabida que era, teria inda agora a cousa certa para aplacar os meus males. Mas deve de ter morrido há mui tempo. E por me estar agora nas cercanias do terreiro da morte, por minha vez, dou de vislumbrar seu vulto na soleira de quando em quando. Um sinal.

Mas naqueles dias do passado, despois de chegar em Piratininga, quando dei de retornar da terra dos mortos, da enxerga empapada de suor, mo disse ela, a mão tampando a boca sem dentes, que eu secara feito uma tabica e tinha a fome do jauaritetauá, mas que escapara com a graça e o valimento de Nos'Senhor e de Pay Deré.

Escapara mais por sua amizade e seus cuidados, eu sabia no meu entendimento.

E então, quando dei por mim, de ter forças para ser de novo quem eu era ou quem deveria de me tornar conforme o desejo do meu pai e benfeitor, sarada a mazela e uma tristeza que me amolecia e procurando ter costume com aquela nova vida pelo empenho de Tacuapu, foi que Pay Deré já estava arrumando os troços dele para uma outra de suas andanças.

E fora como que uma festa aquela partida, o sino rimbombando, o mundo estrugindo do estouro dos tiros ao ar, os maiorais com suas botas altas e calções e peitorais de couro, embrulhados nos seus pelotes de baeta rubros e verdes, grande quantidade de negros da terra nus em pelo e os mamelucos em seus trapos de zuarte, as armas aos ombros, às cinturas, aos peitos. E mais os animais de carga, pesados de embornais e guampas e ferramentas de toda sorte. Quando Pay Deré se foi naquela aventura, não chorei e nem corri atrás dele, por apego algum que inda não lhe devotava àquela altura.

Eu já não andava com a minha nudez exposta como era costume no aldeamento, que Pay Deré e os abarés jesuítas não queriam que tais vergonhas fossem vistas e nisso tinham grande tenacidade de convencimento. E se outrora meu assentamento no mundo era de monta diversa, o passar dos dias tratou logo de aproximá-lo da nova vida. Mas era uma fraca aproximação, hei de dizê-lo, porque bastava um lance perdido das vistas que outra linguagem de ser gente retornava a minha pessoa, e nisso, que me importavam as recomendações do meu pai e benfeitor ou mesmo as ameaças de seus castigos? Que me importava que os outros como ele ensinassem o caminho do bom Jesus, Nos'Senhor, com suas músicas e danças e farsas?

* * *

E tornei a andar em pelo, no escondido.

E eu era apenas eu, como um tamanduá do rio é um tamanduá do rio ou um jaracatiá do mato é um jaracatiá do mato, ciente de mim no mundo e tudo isso bastando. Me acercava dos companheiros de brinquedos que me chamavam sem grandes sustos ou mistérios ou segredos. Futucando o mundo a bem de melhor descobri-lo.
Quando Pay Deré retornou, horrorizou-se ao descobrir quão pouco eu me moldara à vida que quisera para mim. Era obrigação estar de roupas, cantar as rezas e as farsas, ser de tudo obediente, mas eu escapulia e o camisolão tinha unhas mui finas sobre o meu corpo que me faziam coçar e todo o resto me cansava sobremaneira e se os outros abarés jesuítas me corrigiam, dava de fugir para a matinha de perto, trepando em árvore, arrancando todo ensinamento e só retornando pela fome que roncava na barriga e pelos zelos de Tacuapu. Mas Pay Deré zangou-se mesmo foi com ela, por tão poucas rédeas e cabresto destinar a minha pessoa, lhe dispensando bolos à palmatória como se cunumín ela fosse, os olhos dela cacimbando da dor que ele lhe infligia. Foi quando ele decidiu que eu seria pote de argila que moldaria com suas próprias mãos, missão que se impusera no mato cerrado do seu entendimento.

E deu de me levar com ele em suas andanças e, durante elas, mo ensinava a ler e contar e rezar e a andar com o feio e encardido camisolão.

* * *

Grandes leis desobedeço ao te ensinar os mistérios do mundo e da sabedoria, filho da minha carne e coração. Se os santos homens que me precederam nessa terra testemunhassem o quanto tenho pecado por ti, não deixarias que te pusesses a perder no mundo, Joaquim. E escutarias os meus conselhos.

E conseguia o meu esmero sob a força do relho.

E pá, pá, pá, batia!

yapuyapuyapu

Mas certo é que eu sempre que achava meios de me extraviar de sua vigilância. E por maior entendimento que tivesse no aprender as letras, os números e os rezos, nada do que poderia oferecer enlaçaria minha amizade com a mesma simpatia que as brincadeiras. E parecia o certo, quando o sol brilhava nas várzeas, que eu escapasse e me desse por ser livre, vagando ora nas águas ora entre bichos e gentes.

E que isso se fosse repetindo à medida em que eu crescia, dando e não dando ouças à voz do frade imprecando por minha pessoa, chorando fingido quando me pegava de surpresa, de modo a atrair sua piedade, lhe respondendo com mentiras às perguntas que fazia a respeito d'adonde andara, e outras cousas do tipo, que sua cisma em tanta educação mortificava a minha natureza.

Mas o que era mesmo lindo de se ver era, fosse das bandas

do Colégio fosse noutro canto, Santo André da Borda do Campo ou Iguape, do tabuleiro no alto da colina ou na baixada, ver o sol nascendo tanto arriba, no céu, como no dentro da água. Fosse como fosse, tenho para mim que nunca mais que a beleza foi sem sombra sobre a minha pessoa como naquela época em que inda conseguia escapar por pouco que fosse das durezas que mo eram impostas.

Tempo de ser tapiti, eirapuã, jacarandá, tatueté, teju, yababyraba, arumatiá. Eu. Somente eu.

Tempo em que não me pusera a matar quem quer que fosse.

Caminho do sertão

Mas que se conto tais cousas é por mor de dar conta é da guerra que me foi e me é intestina e da minha pessoa sob sua longa servidão. E por me saber, há que se ter conhecimento da ibira com que se entrançou a tal guerra, pois que de semelhante fibra se teve todo guerreiro que se ajuntou para nela pelejar. E também por mor do amor, ess'outra guerra com suas armas, suas entradas, seus testamentos, suas perdas e mortos. E por tal altura dessa vida que é minha, tudo o que posso fazer é me alembrar e, me alembrando, contar. E quando conto, a confusão toma outro rumo e se tudo dá parecença de acontecer repetido, é d'outro modo que as cousas se dão.

Assim que ao sertão é preciso abrir de novo pela porfia dos facões.

E se as gentes se alevantam e de igual modo os bichos, os vivos quando vivos, os mortos quando mortos, há ali e aqui uma cousa nova, um pedaço que se havia esquecido, uma fala que ressoa d'outra maneira, um chão diverso por ser trilhado.

E é de igual modo verdade que todas as vezes que alembro e conto, revive a minha pessoa de mui diversas maneiras, ora em cunumín, ora em sã juventude, ora alquebrada e toda baralhada. E se é certo que revivem o mal e toda a ruindade da guerra, é certo também que dão de rebrilhar as vadiações que tive e mesmo que, como rápida visagem, aqueles camarás, os companheiros que me foram caros, e também os que me foram odientos.

Porque há diversas vidas que cabem nessa minha, dou por fé.

Tantas vidas que dou de julgar que viver é carregar um saco adonde as cousas vão sendo ajuntadas e é por ter tantos haveres e trempes enfiados nessa algibeira que viver tem me pesado nos ombros, no lombo, no corpo inteiro. E me adoecido, jucapiruera, ente mui perto da morte que dou por vista de agora ser. E tiro do matolão esses bregueços. Ora de modo justo, bem numerado: o lugar donde nasci, os lugares adonde me levaram, aqueles sítios donde fui por vontade própria; ora tiro essas cousas tudo de modo emaranhado, as desgraças todas, as refregas, a rapina da guerra.

E são estes os pés que desd'antanho atravessam as terras d'El-Rei por mor dos seus interesses ou dos interesses e onipotência de Nos'Senhor Jesus Cristo, uma e outra cousa se confundindo na razão dos homens, como há de ser, pouco importando se se descem ou desceram esses pés na monga do barro da mata em torno, se se destambocam ou destambocaram na dura terra dos sertões mais bravios, se se afundam ou afundaram no sangue quente e corrente dos inimigos, se tropicaram nas pedreiras ou se repousam agora ou inda ontem em bacia ou cacimba d'água fresca por amor d'algum descanso que lhes sirva de consolação e refrigério.

São esses os pés.

E eles se apresentam ora em pustemas inflamadas por pedregulhos ou espinhos, pelas picadas de nhatiuns ou mariguins, ora em grosso couro, como aquele dos mais tenazes dos viventes, couro de bicho, rugoso, encalejado, mui duro. Mas que, por arruinados que estivessem, e sempre estavam, foram esses os pés que levaram a mim ao meu destino e que foram mui tenazes e amigos ao mo trazerem até aqui.

E que estas mãos, que agora estendo, por velhas e molestadas, já alevantaram lâmina, frecha, lança, arcabuz e toda sorte de armamento que aumenta o domínio do corpo nas demandas pela vida e pela morte, e que se misturando ao ferro, aos paus e aos venenos, possaguiguaba que fosse, ao chumbo e ao salitre, deles fizeram também seu nervo e sua seiva.

Pois são mãos mui sabidas para as atrocidades que a guerra requer.

Mãos mui bem treinadas.

Sem tremor que denuncie medo ou pena.

Mãos que decepam, que destrincham, arrancam e saqueiam. Mãos que degolam. Cujas veias grossas bubuiam, gurgulejam, ao abrir picadas pelo sertão, como os rios. Que latejam ao correr sobre seus leitos. Que sabem as batalhas. E sempre mui domesticadas para toda sorte de embates, sem caruara que as detenha na hora de matar.

E se é das capitanias do corpo que aqui me ponho a contornar o lote, digo-vos que este é também o meu peito, que foi se tornando denso d'outras índoles e carnes, d'outras entranhas e ossos, discordantes sumos e serosidades, porque tal é a couraça que toda contenda de guerra exige.

Acapé!

E o que mastiguei e mastigo, o que despejo e o que me suja sempre foi a mor da peleja.

E é por esse motivo que o alforje me pesa.

E, assim, também, como há de ser, pesa a relembrança. E o que nela sopesa, ou incha ou se perde, ou se enrama ou se desenrama. Movimentos tais que não são nunca livres de tenção e nem plenos de inocência, porque a recordação do passado, feito cavilosa e grande jiboia, leva o boi de arrasto para a beira da paragem na qual ela o quer derribado, mastigado, engolido, engulhado, comido, toda a carne muciça dele, bem comido para despois cagado.

Anhê! Assim é que é.

Caminho dos Gaspares

E é sob o arrocho dela, da memória, que inda agora me sobrevém a cara suada e lúrida de febre e os olhos que se fizeram grandes, por mui abertos que estavam, de Maria Grã. E era essa a sua cara diante da própria morte dela, uma cara feia e mui sofrida, uma boca de urutau que se abriu enorme e donde saíam piados de grande martírio. Uma cara que nunca tinha eu visto nela que era, até ali, de mui belas feições antes de lhe sobrevir aquele mal, tão dolorosa moléstia.

E é certo que, por terem se pregado em mim na hora de sua morte, tais olhos deram de me seguir, assarapantados, assombrando a minha pessoa por a vida toda. Como que aparição de Maria Grã, dei de ver naqueles olhos que eu alembrava. Abantesmas que se abriam no meu sono, e despois apareciam, cada um em cima d'uma das minhas mãos, como se fossem feridas que se empuxavam na minha pele mas que, de vera, não eram chaga alguma, eram mesmo os olhos quais se despertassem. E eu gritava:

Acuda eu! Acuda eu!

    E ninguém lograva entender que ajuda que eu queria e os velhos no aldeamento achavam que era moléstia que logo mataria a mim e Inauré chorava a minha desgraça e de igual modo choravam também as outras mulheres, mas tampouco eu dizia do que estava sucedendo e vendo, tamanho era o temor que me combalia. E isso durou mui tempo, até que se foi amainando e só vez por outra retornava de acontecer.

    Despois que cresci considerei de encontrá-los, aqueles olhos, em outros morrentes, sem distinção que fossem criaturas brutas, como os bichos ou os inimigos, ou que se repetissem n'algum dos companheiros de jornada, os camarás que iam perdendo suas vidas pelas valas e capões e covis que a guerra ia abrindo.

    De modo que a mim, de certa maneira, todo defunto sempre me foi a repetição daquela Maria Grã e eram sempre os olhos dela que me sobrevinham nos deles, mui transidos de medo e de dor e do premente assalto da morte. E que esses olhos nunca que se davam por fechados em sua agonia, mesmo eu sabendo que houve o momento em que cessaram os pios lá dela, e que despois seu corpo, seu amirin, foi lavado, pranteado, enfaixado e depositado no uru a mor dos ritos da morte, como havia de ser, que nesses costumes, se não houvesse capelão no engenho, como não havia naquela época, nem dona Eleutéria e nem feitor nenhum tinha sugestão do que se devia fazer e deixavam ao povo do aldeamento a liberdade de fazer os seus ritos. E como abaré jesuíta deveras não havia para, naquela ocasião, encomendar Maria Grã, foi o meu avô, o pajepuerama, quem a entregou e ao pelanquinho que tinha na barriga dela ao desterro da morte.

* * *

No uru, como na barriga da mãe, Maria Grã vai. No uru da barriga dela vai também o seu pitango no remanso da morte.

Foi algo que recordo ter ouvido o pajepuerama dizer naqueles ritos, mui embora não seja agora capaz de lembrar de exato suas palavras e, na vera, aquele pote estriado bem que tomava parecença d'uma barriga prenhe. E a terra da cova, as entranhas d'outra mãe que lhes guardariam aos dois.

Olhos de anta, jaguaressá de jaguatirica e jaguara, sairuçu, guirabassuberaba, tudo que fosse! Tivesse eu a força de fechar quaisquer olhos em sua morte, não me furtaria! Por mor de que ninguém logrou de fechar, naquela tarde quente que fazia no aldeamento, os olhos de Maria Grã. Mulher nenhuma das que a prepararam a mor do enterro teve o empenho de conseguir. E despois nem seu pai e nenhum dos meus tutiras. E para seu remanso se foi de olhos bem abertos, ela.

E apesar desse assombro e de terem esses olhos se pregado em minha pessoa, em meu juízo, é preciso que se saiba que nunca foi mesmo a morte que deu a mim motivo de temor. Porque morre-se e essa é uma cousa que acontece a tudo o que se dá por vivo nesse mundo. E não hei de chorar diante da morte que será minha como Maria Grã não chorou diante da dela, mesmo em tanta agonia. Mas que a ruína das feições de minha mãe, tal transformação que se pregou na figuração daqueles olhos, e ainda seu esquisito desenho por sobre a minha pessoa, me acossando no meu sonho, na minha relembrança, foram decerto as cousas que me causaram a mais forte das impressões.

Porque há por certo em mim a sabença de que quando a morte me chegar, ao fim dessa minha enfermidade, virá com semelhante feitio, com aquele pasmo, e mui possivelmente botando em minha pessoa igual e misteriosa carantonha que desfigurou Maria Grã na sua hora. Porque decerto é essa a cara de quem não desvia de ver a morte mesmo, de quem não fraqueja de fechar os olhos a mor de enfrentar a sua hora. É tal a paga dessa coragem.

E me pergunto inda hoje se o pitango que Maria Grã trazia na barriga, por irmão ou irmã minha que o fosse, aquel'outro tayra de Pay Deré, se naquele oco de nossa mãe, dentro de sua barriga, também sofreu semelhante influência, tamanho assombro. Tenho para mim que também a esse pelanquinho, a morte deu de desfigurar. Por mor de que embora pequeno, de dentro da igara que ia, não se daria nunca de se acovardar. Daí que tenho p'ra mim que se finou foi mesmo de olhos mui abertos também.

Caminho do sertão

Alerta! Alerta!
Deste sono esdrumecido
Reze um Pai-Nosso com Ave-Maria
P'las almas de nossos conhecido.

Quem rezar esta oração, livra todas as almas do inferno por toda a geração.

Quando dei de pelejar na Grande Guerra para a qual a minha vida se deu arrastada, foi pela relembrança daquela a quem eu tive um dia amor e remanso e de cujo peito bebi o leite, que primeiro fechava eu os olhos aos defuntos com os quais me era dado topar. Despois dei também de murmurejar essa reza a mor de lhes encomendar a alma.
  Não sei se foi de meu pai e protetor que aprendi essa unção. Tenho, agora, no meu entendimento de que não foi, de que não

devera de ser dele essa voz que de primeiro a ensinou, mas que seja a de Tacuapu ou de alguma velha mameluca, dessas que rezam nas beiras do caminho, nas vigílias dos mortos e da guerra. Não me alembro direito. Isso a mor de que tenho recordação de Pay Deré assarapantado de me ver rezando esse rezo em certa feita e tê-lo dito.

Com quem aprendeste tal cousa?

Não lhe dei resposta. Sei que no começo fui atravessando os sertões rezando e encomendando, dando ajuda a ele, meu pai e benfeitor, o acompanhando nos seus ofícios e só depois é que dei de matar. Mas a todos, no meu alcance, acontecesse o que acontecesse, essas duas caridades não faltavam. A mor de que tivessem paz e descanso e de me dar também paz e descanso, pelo meu turno; a mor de que não mo aparecessem à hora de dormir, assombrando meu sono: e lá ia eu, e fechava os olhos aos defuntos e encomendava as suas almas. E isso se tornou mais forte tarefa no meu coração quando principiei por cortar e guardar orelhas dos finados dentro d'um bisaco. Porque, em guerra, os sucumbidos são terra para toda natureza de saque, pois que orelhas, olhos, narizes, dedos, vergonhas, tal como a terra e seus teres e haveres, tudo pode ser pilhado.

Para que fossem donde fossem aqueles restos, tivessem seus mortos o remanso d'algum descanso.

E em não havendo tempo ou condição para esses gestos, sabia que os olhos abertos me iam acompanhando como visagens, de modo igual que carrego as tantas cicatrizes desse corpo. Hoje é forçoso dizer que as feridas já não pinicam como dantes, assim como tais assombros também já não emboscam a mim com facilidade, porque d'alguma cousa há que servir a velhice.

Mas acá atravesso o tempo. Me desencontro batendo cancela errada. Não é de contar ainda as lides da Grande Guerra.

Anhê, que eu erro.

Na quadrada do Piancó

Se hoje espero que a morte venha em meu nome, não é sem assombro que entendo que me pegará em cama de lençol limpo, cousa mui prodigiosa ao meu entendimento, que tantas vezes pensei que tombaria sob os dentes do sertão, fosse sob a ação do seu machado rombudo de pedra em meu peito ou cabeça, separando uma banda do corpo da outra ou interrompendo o movimento dos meus calcanhares em tocaia ou campo aberto. Fosse por mor de que cairia por destino de suas frechas ou de suas balas derruídas. Ou quem sabe cairia de terçã ou caganeira. Ou morreria de fome mesmo ou de picada de caninana.

Que a morte tem suas manhas, sabemos.

Mas a mim, veio me olhando de trevés até esse trecho. Me desconhecendo, se perdendo de mim.

* * *

O quarto em que me achará a morte é caiado e nele se abre uma jinela donde entra a luz, seja do sol ou seja da lua, como também dá de entrar pelas ripas do telheiro. Encontrará a minha pessoa deitada no catre, as percatas já silenciosas e o candeeiro certamente que apagado.

Não reprovo a morte. De todo modo, é cousa formidável que tenha eu vivido até acá e que acá, em pasmaceira, me dê a puxar por essa meada, inimbó de inimboíba, cordame bem fiado, a mor de dizer que ficaram para trás, mui para trás, os tempos de São Paulo de Piratininga, embora que por adonde tenha eu andado, eu e mais os outros, meus camarás, esse lugar, de partida, seja sempre como carta de apresentação.

Os paulistas.

Eis como nos chamavam.

Os sampaulinos.

Eis como inda nos chamam.

Disso sei e dou fé.

Então, prossigo, com aqueles pés, os mesmos pés, os meus. E com as minhas mãos e o meu peito, e com essa cabeça bem assentada sobre o meu pescoço, cabeça que das vezes vai se embranquecendo, até ficar branquinha, branquinha, tal e qual o papoco do algodão e que das vezes ganha viço, de novo, ao vento que chama da guerra e me leva rumo ao sertão de dentro por força das palavras que ponho nesse registro.

Sertão que dei de conhecer quando inda não passava d'um taco de gente, broto miúdo, de pouca força. Sertão que mo chamou e ao qual respondi ligeiro, porque essa era a minha obrigação, de segui-lo ou persegui-lo, de me deixar engolir por ele, mesmo que a certo custo e revelia minha, quando por força de Pay Deré deixei o meu antigo aldeamento, lugar donde nasci, para os arredores de diverso desenho do Colégio e seu Pátio. Sertão que ecoou seu chamado d'uns sítios que inda hoje me assaltam n'alguma lasca de felicidade triste e me fazem retornar até os Gaspares e a Piratininga, despois a Sant'Anna de Parnaíba, e de Sant'Anna, é certo, até o ignoto.

Lugar esse que se abre forçosamente, picada ante o facão, bocarra d'um abismo que os meus pés vão conquistando e vencendo palmo a palmo, como a Grande Guerra, como esse passado que teima em dar retorno, ora cachimbando nas serras mais espinhosas, como as vistas que se anuviam pela idade, ora claro que nem a barra do dia que abre todo alvorecer que nem se fosse pela vez primeira, o mundo.

Ou até como o boi que enxerga a capoeira e o matinho ralo por derradeiro antes que os próprios ossos apertados pela força da grande jiboia quebrem seu totó e cortem d'uma vez por todas a respiração.

Esse sertão que des'de mui cedo se ajuntou, para sempre, ao meu nome, à minha existência.

Então, eis que aqui eu paro.

E respiro. E recomeço.

Anhê!

Porque é loguinho acolá que começa o pedaço da guerra.

Seu longo, mui longo e custoso trecho.

E se tenho de dar ao passado a sua paga e colocar duas moedas cunhadas sobre seus olhos e uma outra por debaixo de sua língua, que assim seja, des'que ele não nuble as minhas próprias vistas e que não estrangule a minha fala.
Que se saiba, pois, de mim que, como o meu pai e protetor, Pay Deré, aquele nascido para o mundo como Pedro Álvares de Cabral, mas renascido para a glória de Deus como frei André da Anunciação, como é mister dos homens de Nos'Senhor Jesus Cristo mudarem seus nomes e suas vidas em honra do seu Crucificado, logrei eu também de ter mais d'um batismo, e há de ser mais tenaz diante da morte quem assim dê de carregar tantas vidas, é o que tenho assentado com minha própria pessoa, acá no meu entendimento.

* * *

Porque por força de grande perturbação que atribula essas terras d'El-Rei, se faz preciso ter variadas máscaras, nomes, almas.

E talvez por essa sina é que aqueles três nomes eu recebi.

Ainda na quadrada do Piancó

Se conto certo ou atravessado o que me disponho, saibam que embora a Grande Guerra seja uma jinela sempre aberta, e que se dos tempos primeiros que reconto até acá já se passaram mais de quarenta anos, firmeza que tenho é de que ela não acabará mesmo é nunca e por isso é que o seu juguá se cola inda agora, preguento, porque é dessa maneira que vai dar de parasitar também o futuro.

E porque hei de dizer que dantes de toda guerra grande há, por seu espelho, a guerra miúda. E é por isso, pelo ajuntamento das duas, dois bois jungidos no mesmo carro, que acá estamos sempre metidos no oco, no vazio delas.

E há que se dizer ainda que tanto uma quanto a outra são useiras e vezeiras de se enfiarem em tudo, candaguassu esburacando a fundeza do chão, deixando suas babas também pelos caminhos de fora, mesmo antes das estrepitosas batalhas.

E, mais, que toda guerra que inflama a paisagem, queima seu ardor dantes, dentro das gentes.

Peço, pois, a quem se dê de conhecer essa história, a virtude de lhe suportar o incômodo das repetições, seja por algum vício, seja por não sabença de contar o que preciso sem o arrodeio de tão grande muralha do entendimento, seja pelo mundé da memória que dá de me prender no seu cercado, laço ou arapuca, seja por mor de que nunca o fiz, isso de me dar a contar tamanha façanha e acá arremedo o que aprendi de ver fazer o meu pai e benfeitor em seus papéis, fossem missivas ou outros documentos.

Apois é essa uma declaração, como se fora um inventário da vida que tenho por minha.

Ou uma crônica da guerra.

Um registro arrevesado, por incompleto e inconstante, e que se o fosse, na vera, do que é tal documento, assim diria d'alguns termos:

Declaro que sou natural do Povoado de Todos os Santos, do engenho de Santo António dos Gaspares, tendo por pai ilegítimo o frei André da Anunciação, dito Pay Deré, de pia batismal Pedro Álvares de Cabral, tendo por mãe a bugra Itibirê, batizada como Maria Grã.

* * *

Declaro que tenho por meu um sítio, casas em que vivo, setenta e cinco cabeças de gado cavalar, mais dez cavalgaduras e que este sítio possui setecentas braças de terras.

Declaro que tenho em minha posse sesmarias das guerras cada qual com seus bastantes agregados.

Declaro que nesse sítio tenho dez almas escravas, entre negros da terra, tapuios e angolas.

Declaro que possuo duzentas peças do gentio da terra, com suas famílias.

Declaro que tenho por filhos os filhos da minha defunta mulher, um de nome Alexandre e o outro de nome Miguel. Que por outro lado não são filhos legítimos dela, mas filhos naturais do seu defunto marido.

Mas que se fosse, como o tivesse de ser, uma crônica da guerra, teria mesmo as seguintes notícias:

A Grande Guerra, a Guerra dos Bárbaros, principia no Recôncavo da Bahia nas jornadas de Diogo de Oliveira Serpa no ano de Nos'Senhor de 1651, conforme mo ensinou o meu pai, capelão da campanha de outra jornada e língua de outro comandante, nosso mestre de campo, que por mameluco ser, embora quase branco, não dava conta de falar como devia o português bem-arrumado dos gentis-homens da Coroa, se tendo a precisão desse trabalho de intérprete que fazia o meu pai e protetor, para além dos sacramentos e missas e novenas para salvação das almas dos homens da tropa.

Por seguinte, a Grande Guerra se espalha por todo o Norte, após o Levante Geral dos Tapuios do Rio Grande, despois da qual El-Rei e o senhor governador e dom Bispo declararam ser ela uma guerra justa assim posta para a salvação da alma do gentio e sua pacificação conforme os termos da Coroa. E isso foi por certo despois de 1687. E foi por certo também que mui governadores e dons bispos passaram e inda passam por essa guerra sem trégua.

Os fatos dessa guerra de que acá venho dar nota se dão a partir daquele mesmo ano da graça de Nos'Senhor de 1687, quando o Estrondoso sargento-mor, nosso mestre de campo, entra na campanha e com ele a sua tropa, junto da qual vai meu pai e protetor, Pay Deré, e de igual modo a minha pessoa.

Mas se por certo tenho como cascavilhar cada data, cada lance, dou por fé que mo será mais proveitoso deixar que desses haveres de precisão se fiem outros inventariantes e cronistas, que o tempo que tenho por meu se dá por curto e mesmo por mor de que já fui declarante por somas demais nessa vida que inda tenho por minha.

* * *

Mas esse é mesmo um documento desregular e, em assim sendo, não há o que ser feito senão mesmo suportá-lo.

Caminho de Serra Acima

Porquanto é mais forçoso contar de como fui arribado aos domínios da guerra mui embora deva confessar aqui, também, que mesmo distante de mui fatos de que dou notícia e dos quais tive participação, me assalta o receio da verdade inteira e nua, por temer que precise prestar contas aos processos de justiça d'El-Rei ou mesmo os do Santo Ofício. E mesmo que imagine que minha vida não se estenda até o fim de um processo desses, inda assim penso que seja mais seguro ter precaução.

É bestagem, essa, que o que sei, na vera, é que até que cheguem lei e rei a esse ermo, capaz que já terei eu partido ao encontro do destino comum a todos os viventes. Pelo sinal do sim ou do não, é melhor me dar a minha própria pessoa alguma garantia de vantagem. É por esse mesmo motivo que não dou de contar ainda do meu outro verdadeiro nome e tampouco o nome do comandante Estrondoso, pois vai que em dia insuspeitado invade esta casa que é minha a soldadesca e toma de mim esses registros e o usa contra minha própria pessoa, cousa que bem sabemos fazem os homens a serviço dos meirinhos.

Mas conto é que no círculo dos pareceiros de igual ou maior idade que a minha é que farei escola nos aprendizados do terrível. Que todas as guerras o são para submissão e destruição daqueles que se dão por guenzos, inda que tal debilidade não o seja de partida. Inda que o mais fraco tenha sido descaído, tornado incapaz pela constância dos ataques ou mesmo pela conjuração de muitos parvos contra ele.

Como no dia em que, tendo eu a perícia de ganhar o jogo de ver correr as argolinhas, o bando dos Matias, escumalha de irmãos ou aparentados que viviam, que nem outros meninos, em torno do Colégio, mui embora não fossem do gentio, pouco despois do meu sucesso, à socapa, lograram fazer cair sobre mim uma chuva de tapas e pedras da qual só pude escapar por correr mais rápido do que a habilidade de suas mãos em atirar sobre minha pessoa tais fulminantes.

Acunha essa carne de tetéu! Acunha! Acunha! Acunha!, gritou um dos mais velhos, ao que os outros responderam sapucaiando em berros e assobios de mui má natureza.

Embora vários daqueles projéteis tenham conseguido magoar-me as costas e mesmo um tenha me atingido o alto da cabeça abrindo um talho de copioso sangramento, a vista escurecendo e o coração um bicho a se esbater nas goelas, foi a voz de Pay Deré a cessar o ataque e a empreender o castigo aos malfeitores, um por um. E também a mim, puxando-nos as orelhas e nos colocando em fila para esquentar-nos as mãos com bolos à palmatória, cousa que naquela ocasião me terá doído mais do que qualquer pedrada.

* * *

És castigado por não estares pronto a te defender de qualquer traição, Sertão, por deixares que te firam o corpo e a tua honra, a qual deves defender de qualquer saque. E ainda para saberes que mesmo acossado pelo inimigo, é a mim que deves obediência. E não menos por, passadas todas as arengas, estares sempre às voltas com esses Matias em vadiagens, quando poderias bem estar rezando ou fazendo algum mandado de Tacuapu.

Foi o que ele disse, a voz mansa, mongosa, remendando os meus machucados, arreminado que estava que eu estrugisse em fúria, a caixa do peito subindo e descendo menos de choro e mais d'outro sentimento, por demais escuro. Nada respondi ao senhor meu pai por obediência e também por mágoa que dele sentia naquela hora, mas naquela noite dormiu em meu peito a sabença d'uma raiva que despois se tornaria em tenção de desforra.

Em Serra Acima

Anhê!

Eiá!

Atanásio Pezão, tangerino velho, se acocorou na Pedra do Nhaém, assim chamada por parecer um barranhão emborcado, e em torno dele contava a quem tivesse ouças quão horrendos e cruéis eram os tapuios bravos do Norte. Era um velho baixo, atarracado, tisnado de sol. Conforme andava, soltava barulhentas bufas e de tal não se envergonhava, por natural que lhe era.

Tenha compostura, homem mofino! Não é por ser pobre e desgarrado que não há de tê-la! Cousa horrenda a Deus e aos homens essa de andar por aí a expelir publicamente os seus fedores! Pois suma daqui!

* * *

Foi só um ventinho que sortei, seu padre. Perdoa ieu.

A Atanásio Pezão faltava uma banda da mão.

Ele tinha sido dos poucos que restaram d'uma desastrada jornada na Bahia fazia mui tempo, na qual os guias paiaiás atacaram a própria tropa que conduziam, matando os que puderam e os devorando ali mesmo na mata à medida em que caíam. Quando contava e recontava o sucedido, fosse verdade de todo ou meia-verdade, trisco de mentira que se desse, o velho balançava o aleijão, que dizia ter perdido naquela contenda com o diabo. E o diabo, ele falava, era um tuxaua paiaiá, chamado Taquarique, e que arrancou-lhe a dente um naco da mão, levando, nessa peleja, seus dedos.

Dois poã bom o Macaxera me tomou. Ãibora!

Com a mão boa, Atanásio Pezão teria arrancado um olho de Taquarique, olho que o acompanhava e que a ninguém era dado ver, um coiso, enrolado num trapo que dizia ser um breviário feito com aquele orbe.
Talvez fosse Atanásio Pezão o próprio Tibinga, o Satangoso, o Cão. Fosse pelo matolão sempre às costas, como dizem que o diabo anda por esse mundo, fosse pelos pés, duas desmesuradas labancas, daí o seu nome.

* * *

Também pelo riso troncho na cara arruinada.

E por aquela mão aleijada, mui forte, apesar dos três dedos restantes retorcidos.

E pelo olho que tinha a mais, ou que dizia ter e fazer-lhe sabido.

Também e, principalmente, por ser mau, ninguém se engane, que ele mesmo o confirmava.

Inda assim, os cunumíns giravam sempre em torno dele, quando aparecia, para lhes ouvir as patranhas, causos de novas tropas, sobre quem morreu ou foi morrido, e quem nasceu ou deixou de nascer, quem roubou ou quem foi degredado, cousas que decerto ouvira dizer ou ainda que inventava por velho e custoso que estava para fazer cousa diferente de ser um pedinte em Piratininga e seus arredores.

Ou por narrativa de que se alembrasse de quando era novo a qual ia dando outras cores ao desbotado do tecido das relembranças, a mor de ganhar em troca umas caras de atenção ou medo ou algum naco duro de pão ou mandioca ou espiga que fosse, que eram esses os seus maiores interesses.

E quem havia de saber o que era certa verdade? Ou por donde é que andava e em qual companhia, o velho Atanásio?

Uma bugrada feia e ruim, mais feia que vancês tudo e que fala a língua travada de todos os demonhos, que mal se têm por gente. Arrudados. Bichos, pior que bichos! Bestas-feras. Nações de mui brutos e desumanos negros da terra. Qual'oquê, tamoios e guaianases! Qual'oquê! Akijê! Akijê! Digo que mansos são os tamoios e os guaianases perto daqueles! Que vi tais brutos do Norte lançarem frechas dum veneno que faz um homem inchar e sangrar pelos olhos, pelas unhas e por todos os buracos. Cousa mui feia, morte mui agoniada. Que vi matarem um meninin assim que nem mercê, eiá! Este um, pitanguinho, abrido de canto a canto, e mais o pai, a mãe, os irmãozinho e tudo que é alimá de criação. Branco, branco sim, sinhô, tudo jucapyra, morto e estripado. Ô tudo quagi branco, que há de dar na merma.

Ele falava e parecia um tresloucado falando. Desnatural que era. A roda aberta, qual uma grande ouça, diante do aleijado, era um ajuntamento de gentes de toda qualidade, não só cunumín e gente pequena, feito eu, mas homens, bugras e bugres, mamelucos e mamelucas, um abelheiro que se movia em uma dança de caretas, olhos mui abertos, ais e uis a cada esgar e palavra do velho.

O principal dos abarés jesuítas não gostava, mas Pay Deré o tolerava e sempre puxava o fio pelas notícias que trazia. Eu mal tomava o fôlego a cada lance, a cada lança do inimigo rasgando uma barriga que poderia ser a minha, a de Pay Deré, a de Tacuapu. E a raiva riminava as pontas dos dedos de minhas mãos, a sola dos pés e o coração.

Uma raiva que se enlinhava, sopesando outra, maior.

Ainda em Serra Acima

Foi, pois, enquanto andava Atanásio Pezão por Piratininga, que cousas terríveis deram de acontecer. E nelas, hei de confessar que tive a minha parte.

Moreaussuba! Moreaussuba!

Que desgraça!

Tão grande miséria se abateu sobre nós!

Era o que diziam as vozes e clamores misturados no pobre arruado. Vozes de bugras, de mamelucas, choros de cunumíns e os abarés todos confrangidos, bem se via pelas suas caras. Tão logo a notícia se espalhara, Tacuapu e as outras mulheres de sua maloca seguiram em procissão para o pátio, chorando suas latomias, que eram como um canto sentido. E mo arrastando com elas, que me ia de malgrado, sob o susto daquilo tudo, daquela algaravia.

Mas antes disso, dias antes, numa ocasião que me pareceu a mais propícia, eu tinha visto o mais pequeno dos Matias se afastar dos irmãos e senti que aquela cicatriz, daquela contenda com seu bando, aquela que não mais latejava, coruscou. Eu havia me colocado ao longe das gentes, furtivo, desvisível, e fui atrás dele, serpejando o mato. E, ao encontrá-lo, o atraí com uma promessa de fácil favo de mel e, então, o levando a um ermo o agarrei pelo gorgomilo, o derribei e ali eu lhe bati foi muito, não lhe dando nem a chance de gritar.

Ixé!

E antes que ele ficasse mole, lhe dei aviso de que se contasse a alguém o que eu lhe fizera, que ele haveria de se ver comigo. De novo. Que meu sangue estava pago e assim me dava por satisfeito. E que se por mor d'algum destrato fosse eu ao castigo ou vitimado de desforra de seus irmãos ou do seu pai e tios, esperaria o tempo que fosse por baixo do sol e por baixo da lua, mas que faria a ele o que os brutos do Norte faziam aos inimigos, abrindo de canto a canto pelo imbigo e inda puxando suas tripas a dentes.

Foi assim que deixei lá no mato o mais pequeno dos Matias, desgrenhado e sujo, acabrunhado e choroso, que disso mui bem que me alembro, mas, fosse como fosse, dali a pouco mais d'um dia encontraram ele morto e comido de bicho. A barriga aberta, os dedos roídos, mui partes dele faltando.

* * *

Um bicho que não fora eu, é certo, mas que me parecia ter saltado de minha sombra quando eu lhe dera as costas.

Moreaussuba! Moreaussuba!, lamentavam todos.

Minhas lembranças me traem nessa aventura, porque não sei se o mais pequeno dos Matias saiu ou não do ermo em que o deixei, se estava gemendo ou desfalecido, se estava de pé ou deitado, e também não alembro se vi ou não o menino despois do nosso entrevero, se seus irmãos e pai e tios o procuraram na mesma tarde em que o acossei ou na tarde do outro dia. E d'esde que vi o seu defuntinho nas exéquias, que uma sombra de morte se apoderou de mim, como se eu mesmo o tivesse abrido e roído. E nos meus sonhos é minha a boca que se pinga de sangue.

Moreaussuba! Moreaussuba! Valei-nos! Tão grande miséria se abateu sobre nós!

Despois do enterro se sucedeu ainda uma cousa de grande pesar, pois não se passara nem um dia e o cadáver descorçoado de Atanásio Pezão, com o membro de suas vergonhas enfiado na boca, apareceu estendido tal e qual um trapo, todinho estraçalhado, lá na Pedra do Nhaém. O povo dizia que fora o mesmo bicho que dera o bote no menino que fizera aquela infelicidade ao velho. Mas diziam também que fora o pai dos Matias e seus tios que martirizaram o tangerino a mor de que achavam que fora ele que fizera aquela desgraça ao mais pequeno.

Mas teve também quem dissesse que foi o Cão a cobrar a sua paga pelo tanto de tempo que Atanásio Pezão se servira dos seus préstimos. Que quem anda de treita com o diabo há de ter que pagar n'alguma hora o alto preço de suas barganhas, seja lhe tornando troco com a vida de algum dos seus parentes a quem tenha desvelo e consideração ou de xerimbabo que lhe seja fiel de afetos, seja tendo uma hora da morte mui terrível de ser, de mais grande sofrimento e agonia.

Foi Pay Deré quem encomendou sua alma ali mesmo e o velho foi enterrado do lado da pedra adonde sempre se acocorava.

Na subida de Serra Acima

Despois desses sucessos tristes, me tive em desalento. Aquele bicho feito de sombras cascavilhava meu peito numa roedeira sem fim. Curuba que me coçava por dentro e por fora nas costas e pernas e barriga e que me adormecia as mãos e os pés me pondo em grande fraqueza, em grande amofinação. A mor de tanger o sentimento que me rondava, dei de responder a minha própria pessoa em grandes embates de que só eu tinha conhecimento.

Quem que mandou os Matias molestarem a mim, naquela feita?

Como se aquela arenga pudesse absolver a cena do menino descaído no mato e despois morto, enroladinho na esteira no meio da capela.

Que ele não tenha tido tino a mor de escapar d'outros dentes, que tenho eu a ver com o causo?

E respondia, a minha pessoa, em má-criação, com pensamentos confusos àquela culpa, eé, eé, eé, mas ela sempre dava de retornar como um vermelhão que se espalhasse acima do peito, tomando pescoço e faces. E tentava de com força me convencer de que se fizera valer de mais justiça, porque esta me fora negada e a mor disso é que precisei de tomá-la inda que em prejuízo de um que me fosse mais fraco.

Tentava, por outro caminho, também dar convencimento de que fora tudo culpa mesmo de Atanásio Pezão, por contar tão espantosas histórias, e ainda por ser feio, aleijado, velho, fedorento.

E tinha pena e raiva do velho. Porquanto será que apareceria outro a nos contar semelhantes causos que nos contava?

E daí a raiva tornava ao mais pequeno dos Matias. Raiva e pena. Por não ter sabido se defender de minha pessoa e do que mais fosse que o tivesse abatido, bicho, malta ou demônio. Da morte. Minha própria pessoa. E tudo, tudo me era inútil, porém. E entristecia de abatimento, por ter a certeza firme de que aquele sangueiro todo me manchava d'algum modo.

E foi a mor disso que passei a evitar os camarás, os Matias e os demais, para gáudio de Pay Deré, que via em tal cousa um sinal de mui tino, mostras de que eu endireitava. E não gostava de estar mais só com quem quer que fosse do meu tamanho. E a Pedra do Nhaém e a cova do mais pequeno dos Matias passaram a atrair umas rezadoras, mamelucas que eram de poderosa fé, se dizia. E elas vinham rezar e cantar por memória do velho Atanásio e do defuntinho Matias, que diziam ser os dois fazedores de cousas milagrosas, para raiva dos abarés jesuítas e do pai e dos tios do bando dos Matias. E todas essas cousas me causavam grande pesar.

Porque, ali, eu já sabia.

A guerra grande, a guerra pequena, tudo igual.

E eu, um bruto também.

Meio caminho entre Serra Acima e Sant'Anna

D'está que retomo o fio.

O fio da vida inteira, que viver também é isso, esse tibungar fundo, e o fio das vezes é cru, de fibra dura e cortante, cordame grosso. Das vezes é fininho, todo desfiado de si, ele, mui prestes a se partir. E talvez se parta mesmo o fio da existência e se amarre de novo e de novo e de novo essa imbira, a cada desgosto, fatalidade, aguaceiro ou sequidão e, por isso, vai a vida se encurtando, se encalombando, porque, afincados que deveríamos ser na corda, bem seguros nela, não damos conta do mói de vezes que se parta diante das bocas de abismo. E se déssemos, se soubéssemos, a teríamos entrançado melhor e mais firme.

Ou tudo bestagem minha.

Se nasce, se vive, se morre.

E o que tem no meio disso é uiatã, farinha de guerra, e o pirão dela.

Quando deu de Pay Deré se desentender com os seus, se deu o tempo também de abandonar Piratininga. Não nos demoramos muito, cousa de dois ou três anos, mas serviu esse tempo para que eu já estivesse ajustado à roupa e ao couro que ele me dera, e já acompanhava meu pai e benfeitor nas andanças de perto e mui já sabia sobre o seu proceder ao se distanciar dos outros abarés jesuítas.

Eram grandes as desinteligências que bubuiavam e os padres, eles tudo, mesmo Pay Deré, eram gente de murmulhos e contendas. E foi por isso que deixei aquela que fora a minha casa d'es que deixara o engenho dos Gaspares a mor de ir me arranchar com Pay Deré em outro sítio, em Sant'Anna de Parnaíba. E a São Paulo dos Campos de Piratininga, Serra Acima, nunca mais que retornaria.

Necessidade de outro padre que acudisse os de Sant'Anna, eu escutara ele dizer, mas desconfiava que tais cousas tinham de ver com uma grande altercação semanas antes, um confrade lhe pondo o dedo contra a cara, Pay Deré rosnando abafado, os dois invocando a Nos'Senhor e suas hostes em guarda naquela porfia.

Um judas, canalha, rufião, é nisso que te transformaste, frei André.

Nem respeito e nem humildade tens, meu irmão em Cristo. Não sabes que todo caminho é de serventia para o sucesso da empresa de Deus?

Homem de Deus e tratante chufador são cousas que não combinam entre si, frei André. Sua proteção deveria ser para com os seus e sua obediência e lealdade tão somente aos desígnios de nosso Pai Eterno. Não foi o que se viu! Passou-me a perna!

Frei Vicente, menos a verdade! Menos a verdade! Se o comandante escolheu a mim e não a si para esta empresa, só me cabe a mim acatar, por submisso que sou. De falso ou desobediente não pode me acusar!

Havia um trato entre nós, seu velhaco! Seria eu a acompanhar o terço do mestre de campo nessa empresa.

Não recordo de nenhum trato consigo, meu bom irmão em Cristo. E, humilíssimo, peço-lhe perdão pela confusão, se assim quis acreditar.

    Essa contenda se dera afastada do Colégio, na casinhola de Tacuapu, e as mulheres tudo se encostavam às paredes, com medo daquele atroado. Algumas chegaram a chorar, pondo as mãos na cabeça, outras se acocoravam temerosas, Tacuapu entre elas. Eu, que me achegara a uma canastra, senti o corpo todo desinquieto, o ar entrando e saindo da caixa do peito, em grande viração. Era assim que ficava diante de brigas dos grandes, quaisquer que fossem.

Não tinha, nesse tempo, ainda, o fígado todo manchado pelo fel da guerra.

"Vergonha" e "abominação" foram as últimas palavras que o frade dissera a Pay Deré antes de virar as costas e tomar o seu rumo.

A enganosa contrição que meu pai e benfeitor usara em suas últimas palavras lançadas ao seu oponente, desaparecera antes mesmo de o rival girar o corpo a mor de ir embora e isso eu sabia pela transformação de sua cara, que de arrependida ganhava o esgar da mofa. Pay Deré sabia usar dessas caras todas, por enganoso que era, e com presteza delas se livrar, o que fazia dele um homem mui variado.

Com a confirmação de que partiríamos dali, eu que quase chegava em altura à cintura do meu pai, me agarrei às pernas de Tacuapu, aígue pequeno, embezerrado nas costas daquela que lhe dera à luz. Mas minha mãe, Tacuapu não era e por isso ficaria para trás como Maria Grã, minha mãe mesmo, ficara, na botija de sua cova, nas terras dos Gaspares.

Eu acreditara mesmo que a velha, que até ali me servira de parenta, seguiria conosco quando déssemos de arribar nossas trempes, mas o fato é que ela não foi, talvez por a crerem prato ou camussi do Colégio os outros frades, ou porque Pay Deré fosse mesmo um tratante ou porque frei Inácio se dava por fartar em sua brecha nos escondidos, que eu já vira, e não a deixaria partir sem mais nem menos.

E o que guardo dela inda hoje é a umidade de suas lágrimas que me molharam as mãos e as fizeram úmidas e frias. E o cheiro de mato verde e tabaco que exalava de toda a sua pessoa inda me toma quando em tardes como hoje dou eu de sentir a sua falta. A velhice me traz tanta ilusão, igual essa que se dá por razão de ter mui sentimento em cousas que não se remedeiam.

E em menos d'uma semana, estávamos na estrada em direção a Sant'Anna, eu, meu pai, e mais dois negros da terra que ele tinha por ajudantes, ou mais propriamente por escravaria, Jurandir e Caiuá, a quem chamávamos de João.

Caminho de Sant'Anna

A noite que sucedeu a nossa partida foi de grande temor para mim. Me amofinava, por escura e misteriosa que a noite se fazia, no mato, não tendo consolo na lua branca dependurada no alto de sua parede, me afligindo pela sabença dos bichos que piavam nas cercanias, que roncavam em tititiris diferentes naqueles turvos, e sobretudo por não estar sob o zelo de Tacuapu.

Lutei quanto que pude contra o sono, querendo me pôr em alerta de fuga diante de qualquer perigo que assomasse, o que foi de serventia nenhuma visto que dei o corpo por vencido e adormeci. Dormindo no acampado que os homens fizeram, uma visagem se apoderou da minha pessoa, travando que eu me mexesse, que eu fugisse, e um despenhadeiro se assentou sobre a caixa do meu peito, apertando, tirando o ar ou como se fosse um bicho, o cavoucando.

Nharõ, nharõ, nharõ, como que eu escutava aquilo riminar e com os olhos abertos podia ver Pay Deré e os outros homens dormindo e todo o rancho em volta. Mas via também um animal todo de fogo que trotava ao derredor levantando grande poeira, um assombroso avejão. E nem não podia me mexer.

Aquele bicho, eu não sabia qual era e sobre o lombo dele, uma mulher também de fogo e que não tinha rosto, o conduzia em disparada carreira. E eis que logo ela foi ganhando feições, que eram, eu podia ver, de Tacuapu e despois as feições de Maria Grã, da qual eu já não recordava bem por inteiro, a não ser pelos olhos, e inda uma variedade de rostos de mulheres do gentio que eram deveras antigas e que eu guardava conhecimento de que eram todas parentas.

E não é verdade que vi também a velha avó Iraê, ali?

As feições de brasa daquelas mulheres se desprendiam d'um corpo flamejante e nelas não havia dor ou incômodo algum, mas um jeito de grande calma e sabença. De fogo, elas eram, cousa que estava mui conforme com aquela sua natureza de sempre se darem por outras e de sempre se apresentarem como diferentes. Espantosas mboitatás.

Eu não podia falar, e respirar me causava enorme cansaço.

E num instante, se imprimiram os rostos de fogo na pedra do lajeiro logo a minha frente, um perfilado ao outro, cada qual com seus traços, seu olhar e seu feitio. E eram gerações e gerações de mulheres que saíam daquele braseiro para dali se gravarem, em tudo tesas, como se a imagem de alguém pudesse ser contida daquele modo, quedadas em qualquer superfície, por ação de luz ou fogo.

    E a cada novo rosto, mais e mais o meu peito se oprimia, e só quando chegou no último, que era mesmo o meu, não o rosto de cunumín do qual eu inda não tinha me afastado, mas ao mesmo tempo umas caras de menina, mulher e velha, é que a pedra deixou de me apertar carne e ossos e pude, enfim, me dar por livre como se a grande jiboia tivesse desistido de engolir a minha pessoa.

    E me alevantei num sobressalto.

    Foi que, então, todas as figuras se dissiparam como cinzas, mas o meu susto acordou a Pay Deré, que se alarmou. Não contei a ele sobre aquela visão que, embora me tivesse enchido de temor e torpor o corpo, parecia dizer cousas em segredo sobre mim, algo que eu não sabia ou que tivera esquecido, cousas de que só depois de grande tempo passado é que eu pude de ter melhor entendimento.

    Esse sonho era como aqueles em que sonhava com os olhos de Maria Grã, todos mui tumultuados porque bem representados em sua parecença com a vida, como se fossem mesmo a vida acordada e, dessa forma, também de forte impressão sobre a minha pessoa. Tais sonhos ou visagens que fossem, eram diversos dos outros, ordinários, de quando se vê de outro modo o comezinho dos dias, alguém com quem se conversou, um mandado esquecido que o desvario trata de alembrar. Sonhos diversos, em que a boca ressalga, o peito pesa e o corpo se dá como que morto ou quase morto, massa puba, débil em fazer cumprir as ordenações das vontades, os ossos como que se partindo sob aquele peso.

* * *

Um sonho como que um susto de ser outra pessoa em um outro lugar.

Hoje, porquanto a velhice e a doença me tenham assaltado, aquele sonho no rancho, a caminho de Sant'Anna, por mais lonjura em que esteja, nunca mesmo que se baralhou diante a minha relembrança como cousa deveras vivida. E não o foi?

Ainda em Sant'Anna se vislumbra o País dos Tapuios

Chegados e assentados em Sant'Anna, algum tempo despois foi que apareceu o Estrondoso, que viria a ser nosso comandante mestre de campo. Vinha do Norte, do País dos Tapuios, e chegara com seus homens da larga viagem, eles tudo estropiados, cavandantes cobertos pela casca do sol e pelos grumos do mato por donde vieram. Macaxeros. Assombrosos bichos do mato.

Uma ruma.

Chegaram, se assentaram, contaram e recontaram suas novas e seus mandados e não demorou muito, logo se refez o Estrondoso dos efeitos daquela longa andança, e começaram já os preparativos da grande armação sob seu comando, porque tinha pressa e ligeireza ele mesmo e aqueles que o ordenavam e El--Rei, por derradeiro. Viera fazer gente para pelejar contra um grande amocambado de negros de Angola, etíopes estes que, co-

mo os bárbaros tapuios, mui prejuízos davam aos negócios d'El-
-Rei nas capitanias do Norte.

Outra guerra vazando de dentro do olho da Grande Guerra é no
que se figuram os Palmares.

Foi o que disse Pay Deré em conversa com os maiorais, e eu
nem sabia, mas minha vida daria mesmo é de atar o seu nó à vida daquele comandante e às contendas que ele alevantava por
donde quer que passasse. Havia tempos, saíra de Sant'Anna e se
instalara num sertão de dentro mui distante, p'ra lá do rio das Velhas, o que já era uma lonjura de léguas do sem-fim. Tinha um
rancho passando do vale do Gurgueia, donde vivia em amancebo com sete bugras às quais ele, quando lhe dava na veneta, arras-
tava consigo pelo sertão, em suas jornadas e que estavam, então,
também em Sant'Anna. Era bom apresador, esse comandante,
acostumado ao mato e aos descampados, bom de tolerar seus des-
caminhos e necessidades.

Se de tempos em tempos esse maioral retornava a Sant'Anna
pelas veredas mais bravias, era a mor de que o seu era um negócio mui bem colocado e isso lhe rendia bom lucro e grande fama. Boa empresa, essa dos paulistas, elogiava o meu pai e benfeitor, contrariando o que os abarés do Colégio imprecavam. O
certo é que se Pay Deré já não dava antes mui acerto com os outros jesuítas, despois da licença que tinha tido do principal para
sentar praça longe das vistas do Colégio, sua concordância com
eles havia ficado inda mais para trás e mais e mais longe inda ficaria e para ele, Pay Deré, abarebebé que era, tratava-se já d'uma
outra vida a qual nem não mais se apegava.

Ele fora arranjado, pois, para tal empeleitada, não apenas

para oficiar os sacramentos, que era de mui importância ter um capelão para a extrema-unção, mas porque ele e o comandante se entendiam como ninguém. O Estrondoso tinha grandes tratos com os mandatários e era benquisto por implacável que era com os inimigos d'El-Rei. E, também, diga-se a verdade, pela exatidão e presteza em cumprir qualquer mandado, por cruel ou arriscoso que fosse.

E Pay Deré gostava mesmo de se acercar dos grandes.

E não se dava bem, o Estrondoso, com a fala bem-arrumada dos governadores e seus estafetas, fosse pela língua presa que aleijava os erres até que parecessem soar outra cousa, fosse por sua língua do mato, brasílica, o estrugido dos bichos quem sabe, outras palavras de cujo sentido não se tinha mui entendimento, fazendo daquilo que ele falava uma cousa mui desalinhada. E embora até escrevinhasse, a mão trêmula e vexada diante da pena, se tinha bem mesmo é com os arcabuzes e lambedeiras. Foi o que meu pai dissera a mor de justificar a andança na qual nos meteria, que o Estrondoso era mui precisado de sua companhia. Que não poderia deixar tão importante parecerio à mercê de tantas necessidades. Que estaria a serviço de representar a sua pessoa com fidelidade e coragem e assim representava os interesses d'El-Rei e da Santa Igreja.

E inda por mor de que o sertão te dará a rijeza de que careces, filho meu.

Fora o que Pay Deré mo dissera a mor de justificar minha ida consigo ao ignoto sertão, em sua companhia e da tropa que se formava, não por causa de que pensasse que eu fosse guerrear, por infante que eu era, mas por mor de que a paixão pelos ermos haveria de me fazer aquilo que ele desejava, mesmo que para isso nos metesse no inferno, aquele mesmo dos causos que contava Atanásio Pezão, aquele mesmo cheio de assombrosos tapuias e ruinosas frechas e machadinhas e ibirapemas.

E de comandantes e mestres como o Estrondoso.

Sant'Anna era já a boca do sertão e nele eu adentraria com o espírito já mui bem mastigado.

~~HISTÓRIA DA GUERRA GRANDE~~

DA SEGUNDA MORDIDA DE YAGUAROVÝ

Non nobis, Domine, non nobis, sed nomini tuo da gloriam.

O que venho pregar a vós, neste momento de grande fervor e de sentidos excitados por tão grande causa em que nos lançamos em nome do Excelso e de seu Filho, Nosso Senhor Jesus Cristo, na graça do Espírito Santo, não é apenas palavra que trago íntima e guardada em meu peito e minha alma, senão a própria doutrina e vontade expressa do Pai Eterno, que está assentado no mais alto dos céus, refúgio dos aflitos, amparo daqueles que têm por missão levar o estandarte dos Evangelhos, a salvação a todos os povos do mundo. Os Evangelhos, nossa marcha e ânimo, nosso caminho, nossa guarita. De modo que nada digo por mim que não seja da vontade do Pai, inspirado pelo Filho e para a ação do Espírito. Eu, pobre e humílimo servo, nada tenho de valor que não seja a submissão por adjutório nesse suave encargo.

Em verdade, em verdade, vos digo, oh, filhos do amor de Deus!, que foi no alcance desse desejo divino que o evangelista expressou aquilo que nos move para as entranhas mais recônditas desta terra e que aqui me faço portador do mesmo mando e boa nova: Ide todos pelo mundo inteiro e pregai o Evangelho a toda criatura. Esta notícia e missão levamos como medicina a um mundo agonizante, pois se não é mesmo uma enfermidade estar na ignorância do amor de Deus, se não é tormento e morte estar apartado da doce servidão à luz que nos foi prometida e confiada.

Como o Éden, cujas chaves e mando foram imputados a Adão e sua descendência, para que dele usufruíssem e o submetessem, os domínios desta terra também foram confiados a nós, os homens de boa vontade, para glória do Senhor no mais alto dos céus. Mas eis que o Diabo, antiquíssimo inimigo, em tudo opositor, em sua incessante oficina, levanta, neste paraíso terreal prometido a El-Rei e seus súditos bem-amados, as suas muralhas, obstinadas e confusas muralhas, cujas pedras são cimentadas na carne das nações mais bárbaras do gentio, ignaros povos, brutos em entendimento, mas por isso mesmo mui necessitados da misericórdia e do amor divinos. Mas escutai bem, filhinhos, não é contra esses brutos que nos levantamos, não é contra eles que as armas e a Palavra de Deus se sublevam, é antes contra o Muro do Diabo, que se ergue no sertão de cima com parecença de inexpugnável fortaleza. E escudado por esse pérfido muro, outro flagelo se levanta, como o quilombo da serra da Barriga, que grandes prejuízos trazem a El-Rei e à verdadeira Igreja de Nosso Senhor Jesus Cristo.

Entretanto vos digo que, como o Alcázar dos infiéis, as pedras dessas construções hão de cair umas sobre as outras, e ao pobre e estúpido gentio há de envolver a misericórdia do Pai e aos aquilombados o peso da lei dos homens que é também ela guiada pelos mandamentos divinos. Relembremos, pois, nesta prédica, o mando de Jesus a são Pedro: Pedro, apascenta as minhas ovelhas. *Pasce oves meas*. Como filhos de Deus, animados pelo seu Espírito, e como seguidores de são Pedro, pedra mais tenaz que qualquer outra, haveremos nós de tomar a sério essa missão, nosso jugo, pacificando, amoldando e apascentando essas tão perdidas criaturas, tomando-as em nosso regaço, domesticando-as e corrigindo-as no remanso do Senhor.

Diante desse sertão que para nós se abre em glória e martírio, rogo, ainda, a proteção de outro apóstolo, aquele que melhor ensinou a cada um de nós a beleza e o espinho do apostolado. Animados pela missão que se nos impõe, coloquemo-nos, pois, sob o exemplo de são Paulo, o apóstolo dos gentios, que diz em sua Epístola aos Romanos que todos que sem a lei pecaram, sem a lei perecerão e que todos que sob a lei pecaram, pela lei serão justificados. E ainda nos confiemos nas benesses da senhora sant'Anna e na intercessão de santa Maria para a glória de tão boa e necessária empresa. Assim seja.

|Frei André da Anunciação, *Sermão pelo bom sucesso da tropa que sobe ao sertão*, 1687|

Caminho do sertão rumo ao País dos Tapuios

Dizem que quando os bárbaros se alevantam em guerra, não sobra nada vivo, porque é por cima da fúria que eles vêm. D'está, que não há nada e nem ninguém que segure a sua turba.

Que, na guerra, não sobra nada de pé.

Anhê!

Dizem que por bárbaros foram chamados os janduís e os caripus, os tupinhuães e os cariris, os tremembés e os xucurus, os acoanssus e os bocoreimas, os icós e os carapotangas, os tupinambás e os caratis e toda a chusma deles, de nomes e caras diversas, que por uma tulha serem e por serem custosos, receberam por distinção o nome geral de tapuias.

* * *

E tapuia, tudo o que não presta. Gente ruim e bruta. Sem entendimento de gente, sem lei e sem obediência a El-Rei.

Lanho. Casca de ferida.

Dizem que a Grande Guerra começou nas beiras do Paraguaçu e que tal e qual um mal se espalha, se espraiou por tudo que é curso de rio, dos constantes aos interrompidos, e que chegou às margens do Mauraú e que todos os seus braços se lavaram de copioso sangue.

Assim com o Gongogi, o Jequiezinho, o Sincorá.

Assim com eles tudo.

E foi des'tamanhão a sangria que todos os rios logo se sujaram de guerra, o Jacuípe, o Jacaré, o Inhambupe, o Itapicuru, o Mundaú, eles tudinho. E mesmo as águas do Opará que há muito é de melhor conhecimento das tropas com o nome de São Francisco. E contam que os rios logo se tornaram como que uma grande e porfiada correnteza de sangue, mas não o sangue vivo e cheio de tutano como é o sangue que jorra de dentro das mulheres, mas sangue d'outra natureza, escuro, porque pisado da guerra, coalhado e degenerado pela carnificina.

Dizem que o Açu talhou, engrossando para sempre suas

águas, e que foram atraídas pela fedentina metálica de sangue as piranhas que ali deram de fazer sua morada, desovando as gerações lá delas que inda hoje se fartam dos seus miasmas.

Assim como a erisipela sobe, caranha ruim, em sua queimação danada pelas pernas, comendo o couro e a gordura, dizem que de igual modo foi que a Grande Guerra avançou por toda essa terra e seus rios.

Do Orobó para o Aporá e do Aporá para Pernambuco e de lá para as beiras do Açu, do Acauã, do Seridó. E que foi nesse mesmo Açu que a Grande Guerra ganhou contornos de Vultoso Flagelo, porque dois filhos do rei dos janduís foram pegos em arapuca por um comandante; e, prisioneiros, os dois príncipes do gentio foram, pois, ataviados e enviados em galé pelo além--mar até o rico e manso castelo d'El-Rei, que queria ter mui perto de si, para ver com seus olhos, aquelas indóceis criaturas, aquelas feras.

Dizem que os tais filhos dos janduís foram ofertório exigido por Sua Alteza, cousa por demais natural que o rei que pode mais que todos os outros, reivindique as prendas que quiser. Dizem que foi depois disso que a guerra infeccionou sua doença, pela violenta paixão dos parentes daqueles dois desgraçados.

Assim foi, porque assim dizem e, por minha letra e sinal, também dou aqui o meu testemunho.

Cousas variadas se contam da guerra. Da Grande Guerra. Cousas que tenho por fé de que servirão de alimento para outras cousas e causos e de igual modo de chumbo para outras guerras, que aqui esse é o natural. E é assim que contam também que os payoquis, inimigos dos janduís, acolheram um mestre de campo de que eram aliados, pois tinham comum vontade em guerrear contra aqueles adversários.

Nessas terras d'El-Rei, guerrear sempre foi uma danação e uma festa.

E foi com grandes celebrações que, naquela feita, aqueles payoquis receberam o tal maioral e os mais de duzentos homens de sua milícia. Foi entre as danças e os folguedos que sempre antecipam as alianças e que se dão antes das batalhas, que o tal comandante e o seu terço se voltaram contra aqueles payoquis que lhes eram aliados.

E zás!

A lâmina, maneirinha e certeira, feito a folha do gragoatá, descabeçou o tuxaua deles, bem ali, no terreiro da aldeia, no meio do festim, dando início à matança daqueles tapuias. E dentre mais de seiscentos guerreiros, mulheres, velhos e gente miúda, restaram pouco mais de duzentos, e esses quase tudo para serventia de escravos. E que foi despois disso que os payoquis do mundo todo se alevantaram contra El-Rei, adoecidos de ódio que lhes tomava o corpo inteiro e para além do corpo, seus gritos.

De igual modo é verdadeiro que cada nação bárbara das terras do Norte guarda também suas histórias de traição ou desagrado para se alevantar contra as leis d'El-Rei, e por desobedientes e bravios se puseram e se põem inda agora em estado constante de refrega, levando terror e morte a toda parte, aqueles brutos.

* * *

Violando, frechando, sangrando, queimando tudo por cima de tudo.

Contam que acima d'El-Rei, apenas Deus e que acima de Deus, o gado.

E que antes dos payoquis e dos janduís, e mesmo antes do Açu e do Paraguaçu, a Grande Guerra por primeiro começou a mor dele, o gado. Vacario. Vacaruara. O gado que sempre careceu de largos espaços a mor de ruminar e cagar, de cagar e sustentar o mundo pela força de seu lombo e cascos. De cobrir o mundo com seu couro, boipiré. E que se a Grande Guerra se espalhou em marcha sertão arriba, em peleja contra aqueles destemperados e ferrenhos inimigos, foi por mor de que chegou uma carta ou dez delas pedindo combatentes a mor de limpar a terra.

Limpar sim, senhor!

A gáudio dos bois.

Limpar a terra, ess'outro nome dado para a extinção dos bárbaros, assim dizia o meu pai, para que o sertão pudesse se tornar o grande pasto que Deus mandou, El-Rei desejou e o tal gado tinha e tem por maior necessidade. E, ainda, por lucro disso, a submissão do gentio.

Contam que a guerra começou mesmo com a distribuição de largas sesmarias nas terras donde viviam os bárbaros e despois delas na grande movimentação de tais missivas que pediam sua extinção e é verdade que Pay Deré guardou em seu alforje um sem-número dessas cartas, umas a ele mesmo destinadas, outras de que se fez fiel depositário do nosso mestre de campo. E que a tinta na qual ela foi escrita, a guerra, era mui pura e viva, tão viva que careceu de ser selada com a cera quente e vermelha que assinala os brasões e quaisquer outras marcas reais. Mas que despois de rompido o lacre, de abertos aqueles papéis que mal e mal a continham, a guerra escapou foi mui ligeira e bem formada e se espalhou em derrame pelo mundo todo que é de pertença a El-Rei.

E que se derramando do polvarim, seguiu ligeira para as confabulações em Iguape, Conceição de Itanhaém, Piratininga, Vila das Arcas, Sant'Anna de Parnaíba e todos os arredores. E que conforme se espalhava, ganhava também novas feições, corpo robusto, se afigurando em tropas, milicianos, religiosos e tudo aquilo de viventes e cousas que são de necessidade para que cresça e tome o mundo.

Todo aquele que se põe a contar do começo dessa guerra, sabe que o prejuízo dessa contenda para El-Rei e todos os seus mandatários era tão maior pela forte emoção que sentiam ao receberem as notícias e inventários do gado morto, que jazia apodrecendo, massa puba, nas beiras dos rios, dos currais postos ao chão, das casas incendiadas por aqueles tapuios mui ruins.

E essa era cousa que verdadeiramente causava grande pesar, verdadeira desolação, aos senhores e mandatários dessa terra, aos sesmeiros e mais aos nobres do reino, e mui especialmente a El-Rei. Mui certo de que tal tristeza se dava pelo alto emprego de haveres nesse negócio que era estruído sem apreço algum por aqueles desinteligentes tapuios. Tais inimigos sabiam que com isso feriam a amizade e o coração d'El-Rei, magoando sua bondade infinita, e desse modo, que eram estocadas em seus rins aquele esperdício de bens e de gente sua. E era com alegria própria em ferir El-Rei e sua casa real que assim demandavam tal destruição os bugres do Norte.

Havia também que os olhos dos bois e suas vacas, das vacas e seus novilhos, sem contar as outras todas alimárias enchendo de formigas e tudo que é sorte dessas rapinas que se ocupam de enxamear e devorar carniças, iam ocupando todo o sertão de cima, das capitanias da Bahia, Pernambuco, Piauí, Rio Grande, chegando mesmo às barras do Maranhão. E isso gorava a terra e gerava mais um dissabor a Sua Majestade.

Repetem as tramelas sem tranca do burburinho das gentes, seu ejurerê, que tal inimizade que os gentios do Norte pegaram a El-Rei e seus colonos foi o espólio dos assaltantes holandeses que nessas terras vieram pilhar a mor do açúcar e dos franjados de ouro das terras à beira-mar de Recife e de Olinda, e toda a região de seu domínio do São Francisco ao Rio Grande e inda ameaçando Sergipe e Bahia, Ceará e Maranhão. Que não fossem eles, os holandeses, os tapuios seriam menos duros, mais fáceis de apresar, de mais fácil amizade e submissão. Por mor de que aqueles invasores holandeses eram amigos dos tapuios, seus camarás.

E que tais invasores holandeses, por tamanho ódio que sentiam a El-Rei, e por imprudência e menoscabo para com as normas das disputas, armaram aqueles bárbaros do Norte com rixas que não eram suas, envenenando-os contra o coração d'El-Rei e o poder de Sua Majestade e, mais pior, moamando seus braços com arcabuzes e todo sortimento de armas de fogo e suas munições, que por velhas que fossem e mui poucas, inda assim eram suficientes para estragos vultosos.

E que para combater os tapuios mui embora se tenha mobilizado toda sorte de condenados e degredados e ainda os índios mansos e amigos e os negros de Angola postos à disposição em afamadas milícias, como as de Filipe Camarão e de Henrique Dias, des'de o alvorecer dessa desinteligência, para grande desgraça e prejuízo, sucesso algum foi logrado em empatar a sanha de tais incultos, porque eles deram de defender o sertão como se fora a sua própria casa, como se El-Rei e seus nobres e mandatários não fossem mais os novos e legítimos possuidores dessas terras tudo que dá a perder de vista.

E por todas aquelas paixões é que guerreavam os bárbaros.

E por tais cousas que desd'antanho se diziam e que inda agora se dizem também, é que sabemos que os bárbaros eram os outros.

Aqueles lá.

Os atrozes tapuios.

Gente feral e mui dura.

E metiam medo tanto os tapuios machos como suas fêmeas. Que eram de cor atrigueirada e andavam inteiramente nus os machos e as fêmeas se cobriam apenas nas vergonhas. E em sendo altos, seus ossos eram grandes e fortes, e causava espanto que de suas cabeças pendessem, do alto, desgrenhado e mais longo um chumaço de cabelo por cima do outro, este cortado rente acima das orelhas e que os seus reis os usavam cortados ao modo d'uma coroa. E que na guerra se demonstravam pintados de vermelho e preto e se enfeitavam das penas de tudo que é pássaro, da arara ao canindé e a isso chamavam de acamongui. E em guerra estavam os machos e as fêmeas e mesmo seus pitangos todos paramentados com tais pinturas. E que só um deles era capaz de meter medo a uma tropa, por hediondos que eram, e que como o jaguar ou o porco-do-mato ninguém lhes podia ganhar na corrida por serem por demais velozes.

Aquilo tudo é o que contam os grandes apologistas da guerra e mesmo os miúdos, causos que repetem quem a viveu do seu começo e quem dela até agora se salvou, por trégua que se tenha feito, por fuga que tenha empreendido. O que os tapuios contam não medra nesse roçado, hei de dizer. E quem haveria mesmo de entender a sua língua truncada?

Anhê!

Mas eu, olhando agora desse trecho em que me encontro, vendo de longe a minha vida e tendo notícias de que ela, a Grande Guerra, não dá de esmorecer mesmo é nunca, tenho p'ra mim que o inimigo pode até ter nome diverso do nosso, e cor que seja próxima ou dissemelhante, mas que se olharmos bem apurado dentro do seu olho, do seu olho vivo ou do seu olho morto, espelho claro ou pedra turva, rebuçado apodrecido que seja, é a nossa cara mesmo que se acusa de ver.

E isso não diz sobre qualquer tenção de piedade que acaso minha pessoa possa ter tido por alguém, tapuio que tenha sido. Porque a bem da verdade não tive foi lá mui tempo de ter sentimento de tal monta. Tampouco por pesar algum, pois que aprendi com a vida e com a morte que o que não tem recurso não deve de ter poder nenhum de nos vergar.

Assim é que foi e tem sido.

Há quem possa achar tal pensamento atemorizante. Que se não tememos o mal, nos tornamos em parte com o diabo, macaxeros ou algo de próxima parecença. E talvez mesmo o seja, mas não estruo o meu tempo e o meu aprumo por acertos mal remediados, é o que tenho por disposição nessa vida que é minha.

E sobre isso penso e rumino todo o tempo, mas que esse pensamento ou ruminação não diz nada sobre contrição ou temor de Deus ou do Diabo, delicadeza de não querer se estar em parte com o Demo e receio de se fazer próximo de Deus, que a um e a outro nunca dei de ver. Diz é daquilo que um homem é capaz de fazer. E é importante que tal cousa esteja mui bem aclarada, porque por incapaz nunca ninguém me tomou e se lágrima qualquer houve, dela não hei de guardar recordação.

Que a guerra não é para quem se desgoste em lamento.

Do Estrondoso

Foi a mor de ficar por debaixo de certa aba de poderoso chapéu e por bem gostar disso que meu pai e benfeitor, Pay Deré, se retirou de Piratininga mo arrastando consigo, conforme já o disse. O meu pai conhecia des'de jovem o senhor daquele chapéu, o Estrondoso, da época em que ele inda vivia em Sant'Anna e não se pusera ao mundo em busca de apresar o gentio, descabeçando bugres, conquistando suas terras e, quiçá, angariando alguma riqueza em disputa com os boavas ou despois pelejando no sertão por contrato para um tal de Garcia d'Ávila.

Cousas estas que foi logrando de fazer bem, segundo a sua fama.

O nome daquele Estrondoso me chegou aos ouvidos bem antes que suas feições, por ouvir meu pai dar notícia dele, assarapantado com seus feitos, e por saber da boca dos camarás do mesmo tope que o meu, das narrativas dos andejos nos sertões, todos a povoar os entusiasmos d'um mundo tão arriscoso como devia de ter sido, mais de cem anos antes, aquele do Mar Oceano, em que os reinóis se lançaram à cata de aventuras até dar aqui, como o velho e malfadado explorador, afundador de sete navios e de mesmo nome que meu pai, o fidalgo navegante Pedro Álvares Cabral.

E dele, daquele andejo, não do navegador, se dizia que nada que temia acima da terra e debaixo de Deus, que a provação da sede e da fome lhe era miséria pouca, e que mesmo estando por debaixo d'uma chuva de frechas dos inimigos ele, sempre ele, surgiria vitorioso com várias cabeças dependuradas, acangadas no seu estandarte, ressoando o seu grito de guerra. Dele se dizia também de alguma riqueza, da sua casa forte nos costados da serra da Espinhara, no sertão do Rio Grande, e do rancho que possuía, de remanso, no sertão do Piancó, sem falar da escravaria sob seu mando. Mas que de nada disso tinha mui tempo de gozar, que seu prazer mesmo era de estar internado no sertão.

Falava-se, de modo igual, da qualidade justa e exata que era a mão que empunhava a sua lâmina.

E devo dizer que foi dele que também segui aprendendo os rastros, quando me pus na guerra, por ensinamento do seu modelo, a risada de dentes escuros e faltosos, os agastamentos trovejando impropérios na fala emaranhada de sua língua presa de mameluco, meio que branco, meio que bugre, tal qual a minha pessoa, encardido como todos.

E medi de perto os roncos de sua raiva.

E, mui despois, me dando ao estudo de suas fraquezas, do cauim às erisipelas, da pouca paciência para com as letras com as quais deveria de prestar contas ao governador-geral, a El-Rei, ao dom Bispo e a quaisquer dos seus representantes, também aprendi de me fazer fiel despois que Pay Deré morreu.

De Sant'Anna ao Muro do Diabo

Sei que está Vossa Mercê com a sua gente de caminho para Palmares, e porque ora me chegou um aviso do capitão-mor e da Câmara e capitania do Rio Grande, e juntamente uma carta do governador de Pernambuco em que me dá conta do mau sucesso que teve o coronel Antonio de Albuquerque da Câmara na entrada que fez aos bárbaros pela destruição antecedente que haviam feito aos moradores brancos, escravos e currais, pelejando um dia inteiro, até não poder resistir, e é evidente o perigo em que fica a mesma capitania a que devo acudir por todos os meios possíveis; tenho certo que o mais pronto é marchar Vossa Mercê daí com todas as forças que tiver sobre aqueles bárbaros, e fazer-lhes todo dano ao seu alcance, porque nisso faz Vossa Mercê mais importante serviço a Sua Majestade do que mesmo na jornada de Palmares, de modo que essa seja suspensa, assim lh'o ordeno. E me comprometo de dispor novos socorros para marcharem com brevidade ao sertão com esse intento. Espero que não só terão todas as glórias de degolarem os bárbaros e sua descendência, mas a utilidade de cativeiro dos que prisionarem na guerra, por mor de se ter decidido em Conselho de Estado ser esta uma guerra justa na forma do Regimento de Sua Majestade de 1611. Pelo que Vossa Mercê seja o primeiro assim no partir como em dar conta do poder que leva.

A missiva vinda do governador-geral Matias da Cunha foi recebida pouco tempo antes da saída do terço do Estrondoso para o sertão dos tapuios e lida por Pay Deré defronte da matriz de Sant'Anna, diante do próprio comandante e mais dos maiorais que seguiriam naquela jornada e dos que por ali estavam a mor de saber daquelas novas. O Estrondoso juntara já o seu terço com homens do mundo todo, de Cabreúva, do Vau Novo, de Pirapora, do Coruquará, de Piratininga e São Vicente e mesmo de lugares inda mais longe por causa primeira dos negros palmarinos, préstimo de serviço a El-Rei pelo qual receberia grande soma e privilégios.

Contara Pay Deré, e não uma vez só, que os pretos amocambados eram apostema nas carnes dessa terra e que, como tal, havia de ser debelado para melhor saúde do restante do corpo, concordando com outros seus, feito um tal padre António Vieira que vivia em São Salvador da Bahia e a quem meu pai se referia com respeito e maldisfarçada inveja.

Grande apologista da total destruição dos pecadores palmarinos é o velho Vieira, que considera os angolas de Palmares sob qualquer condição a perdição do Brasil. Que se derribe e se degole esse preto Zambi que de tantas más paixões alevanta a escravaria, digo eu por minha vez, que igual defensor d'El-Rei e da Igreja o sou, tão digno e já melhor em talento que o senil e venerável jesuíta, pois que, à larga, o supero em juventude e tino.

Mas, com a chegada da carta do governador-geral, tal tenção de guerra contra os negros angolas não se firmou para a tropa do Estrondoso e então foi por isso que lá, na guerra dos tapuios, chegamos por mor desse desvio que pedia que marchasse o Estrondoso e os seus sertão acima a mor de danar os bárbaros com toda a força que se tivesse.

Do começo dessa jornada tenho tal lembrança de que se deu sob o manto da última lua nova e que, nas primeiras horas da manhã, Pay Deré rezou a sua missa nos encomendando a todos sob a proteção de sant'Anna e de são Pedro e mais são Paulo. Inda fez uma mui longa falação despois do seu sermão, relembrando também a memória de Suzana Dias, uma dona parideira d'outros ferozes comandantes, os velhos Fernandes, tudo branco ou quase que branco, misturados de bugres tudo eles, como os velhos Anhangueras. Só despois disso é que partimos.

À frente, o Estrondoso e os seus maiorais. Pay Deré e eu logo atrás. Eu amontado num poldrinho, ele em boa montaria, junto com cavaleiros e infantes. Em seguida, a tropa dos negros da terra, uma ruma de arqueiros, remeiros e entendidos nas práticas de navegação que mui rios havíamos que atravessar em seu curso, despois os tangerinos que se ocupavam das bestas cargueiras, burros e chaburrinhos, com os mantimentos de boca, as drogas, o fumo, o sal e toda sorte de víveres, e ainda as armas tudo, a pólvora, o chumbo, os instrumentos próprios ao roçado e à morte. Os capatazes e os seus jaguapevas tudo latindo.

Pay Deré disse que eram mil bugres de arco, duzentos de espingarda, oitenta e quatro brancos que os dirigiam. E mais um sargento-mor, nove capitães, nove alferes, dois feitores e dezoito sargentos. Nossa legião.

Anhê!

Camanducaya. Despois o chão por se vencer, as picadas por se abrir. Tapahuacanga. Lagoa Santa. Rio das Velhas. As cachoeiras e os seus saltos por se atravessar, os paredões por se conquistar pedra por pedra para pular ao outro lado. O outro lado das terras d'El-Rei. O Muro do Diabo. O outro lado do mundo. Itacambiruçu. A penosa varação das canoas por terra. Angicos. Taperas. Cahissara. O mato, ora constringindo a todos com suas manhas de cobra grande, ora afiando em nós tudo as suas unhas de jaguaretê.

Taboca. Gurgueia. A primeira refrega grande. As pedras semoventes, alevantadas em guerra contra nós. Pay Deré atirando e matando um monte, que havia de por si se defender e também a minha pessoa. Os bárbaros tão velozes em seus movimentos que a muitos era impossível de mirá-los com arma de fogo, voadores, vertiginosos, mal riscando o chão com seus pés de corisco, os bárbaros transformados na paisagem, nas pedras, nas arvorezinhas do mato, no sangue que o sol vertia. Capaoba. Açu. Acauã. Seridó. E de novo Açu. Motucas. Açu. Rio da Onça. Caraíbas. Ingá. Jaguaré. Quebrobó. Tucutu. Paimbu. Mucururi. Moxotó. Tapuios. Barriga. Jabitacá. Ipojuca. Tapacorá. Piancó.

Foi esse o trajeto da guerra? Esse inteiro? Um pouco menos do que posso me alembrar? Tanto chão ainda desnomeado, grande cemitério. E penejo aqui aqueles dias, aquelas rotas. Chão do

Boi? Capão? Um a um ou a algaravia deles, o que me é dado de alembrar. Morro do Chapéu? Queiquó? E o Estrondoso ia dando nomes ao que via, como se o próprio Deus ele fora. Um Deus feio, mau, mui guerreiro, esfomeado como sói ser Deus. E diziam mesmo que fora ele que dera ao Parnaíba esse nome de batismo noutra campanha.

Que se embandaronhem as guerras e os tempos, as gentes e os lugares, nada que posso fazer que venha a ter real serventia de desenlaçá-los, por serem d'esde sempre, essas terras, cenários de grandes e cruentas desavenças, umas se baralhando com as outras e com os sonhos.

Também terra de numerosos donos a contestar-lhe mando e propriedade, por inúmeras nações que sobejam d'esde sempre, para desgosto d'El-Rei e de todos que se prestam ao seu serviço. Isso aprendi de ver e de ouvir para além das palavras dos abarés, tudo eles, no ejurerê dos murmúrios com os confrades, das notícias trazidas por tropeiros ou mesmo pelas bazófias dos maiorais. Aprendi de ver eu mesmo, minha própria pessoa.

Terra feroz essa, que, por sua vez, atrai outros ferozes.

E os nomes e os lugares e os tempos é tudo tecido d'um céu embuchado acima de minha cabeça, baixos araís, mui pesados de chuva, custosos como os irmãos em armas. Fomos à guerra por mor de que assim desejou a guerra. Por mor de que assim está no nosso sangue.

Acima de nós tudo, o arcebispo governador do Brasil, dom frei Manuel da Ressurreição, e antes dele o defunto Matias da Cunha. Entre eles e nós, uma infinidade de nomes e títulos. Acima destes, daqueles e de nós, El-Rei, naquela época em que servi à guerra, era dom Pedro II, da casa de Bragança, dito O Pacífico, já hoje é Sua Majestade, dom João V, rei de Portugal e dos Algarves, D'Aquém e D'Além-Mar. Amanhã, será outro Rei, com a mesma cara, seu nome dado em numeração, neto e filho de outros soberanos, pai d'um novo El-Rei.

Será que dei de esquecer alguém?

E eis que tenho de suster o riso porque, acima d'El-Rei, qualquer que o seja, eu já disse, está o rebanho.

Mas arrodeio.

Pois que eu comece, sem mais demora, esse outro trecho que há mui venho atrasando de contar. Não tenho eu o dom que Pay Deré tinha de relatar os acontecidos e deles extrair juízo e ensinamento, menos ainda o talento de escrevinhar que ele dizia partilhar com o caduco padre Vieira. Acá diante da tinta e da folha me sobrevém, ora o cansaço a essas velhas mãos e à vista que as conduzem, ora a confusão do espírito que se perde entre o vivido e o sonhado, entre o que deseja registrar e o que logra conseguir.
Ou é a febre dessa moléstia que me achaca que vai e que volta. Ou então acaba o papel e resseca a tinta e o mascate Espiridião mui se demora a aparecer nessas paragens com novo carregamento. E pode ser que a vida se me esvaia antes que eu termine e isso me prostra por dias a fio e retomar a meada mo é dificultoso.

Nos Gerais de Cataguases

Cuó, cuó, cuó! Am'bora, estroir tapuia! Rancá cabeço de tudins êlos. Juca jandé tapuia! Moçac'acanga tapuia!

Assim gritou seu costumeiro grito de guerra o Estrondoso diante d'uma aldeia cariri que inda nos Gerais dos Cataguases, nem não dávamos de ter chegado em terras da Bahia ainda, o terço deu de abater. Contendas pequenas no caminho até ali já havia minha pessoa dado por testemunho, me repunando a natureza os seus parcos mortos, que por eles já se anunciava que a guerra era feita naquelas tripas espalhadas, naqueles furos e talhos, na profusão de sangueiro vertendo incessante.

Com aqueles cariris foi cousa mais feia, não por serem custosos, que eram pouco mais de duzentos viventes que se espalhavam em pequena gleba, oito malocas em derredor d'um terreiro às quais sem perdas do nosso lado foram submetidas. No final dessa contenda mui corpos de guerreiros jaziam por todo o chão, na capoeira e pelo mato, as cabeças descaídas de seus corpos aos montes e tantas eram que dou vista inda de vê-las na cumeeira quando a lua míngua e não dá de entrar luz alguma pelas frinchas da jinela.

No centro do terreiro, aos bugres prisionados, se separaram as mulheres e homens jovens que por derradeiro restaram e os puseram d'um lado, numa fila na qual um era jungido ao outro por corda que os amarrasse. Queriam os nossos homens, eles tudo, de esbulho, das mulheres jovens e sadias, que fosse para usá--las despois em festins nos quais gritos de medo e risadas se misturavam. Quer fossem para a força de macho que entrassem em suas brechas, quer fossem para a venda ou para mor de morrer, era tudo um jogo.

Despois foi se tomando das mães de boa saúde os cunumíns, que iam sendo colocados n'outra fileira, juntamente aos velhos e velhas.

A mor de que os velhos e as velhas, ninguém que queria.

Apois quem haveria de querer aquela qualidade de gente destiorada?

E eu aprenderia ali que nem pequenos e nem mais velhos não tinham serventia alguma ao Estrondoso e à milícia, pois que não só atravancariam o nosso passo como não tinham valor de mercadoria em nenhuma praça. E foi então que os feitores e alguns sargentos se desobrigaram deles, passando-os todos a lâmina de facão, d'esde os mais pequenos dos pitangos até os mais antigos dos ymuanas.

Tal cousa nunca que vira e, por ela, hei de dizer que minha

natureza não tinha se dado por preparada. Deu de voltar a minha pessoa a relembrança do defuntinho Matias que, naquela ocasião, não parecia mais um, mas um monte, aqueles todos. Me mijei diante de tal cena, por jovem demais que inda o era e por isso também impressionável. E em vendo aquilo, o Estrondoso deu-me um empurrão e despois disse algo que não dei de entender, pois que foi dito dentre risada e grunhido. Despois ele gritou:

Eru tatá cheve! Atimbora vânces, atimbora tatá, un mor de botar fogo ni tudo!

E foi o que ele mandou e fiz junto com os outros, a minha primeira grande obrigação da guerra, de ajudar a botar fogo nas palhoças e despois deixar tudo para detrás debaixo dos compungidos lamentos dos que tudo perderam e que seguiam como escravaria. Mas tudo, tudo eu nem não deixava para trás, que bem o sabia, ia levando com a minha pessoa aquilo que via e vivia e fazia, como que arrastado comigo, pesando na lembrança. E entendia também que deveria eu de ter uma boa estrela por estar do lado do mais forte e não com a cabeça descaída em terra, lambida pelo seu facão como aqueles cariris.

Ali a ninguém não importava se a lei de El-Rei ou a letra de dom Bispo proibisse que se fizessem misérias aos inimigos, a mor de que não era senão palavra sem tutano de verdade. Nem não valendo por ali lei de quem quer não estivesse de corpo e armas no palco das batalhas, que naquele profundo fosso dos infernos a lei era outra, por habitual que assim o fosse. E seja ainda.

E nisso valiam mui pouco até mesmo as fracas palavras de recriminação de Pay Deré, se não é certo que ele tinha, desse butim, a sua parte, fosse uma tapuia mais nova e sempre outra em que despejasse sua semente. Despois ia ele, derramando uma lagriminha por vez, para as suas rezas, desculpando os tão grandes pecados de todos, encomendando os mortos, garantindo um quinhão no reino de Deus aos homens de nosso terço, os quais morriam longe de suas camas e cheios de arrependimentos.

E nós tudo tampando os olhos e o nariz à inhaca que precedia a limpeza dada pela batalha.

E isso era a guerra.

Na quadrada do Piancó

A mor de contar tais relembranças, foi que puxei o rapé devagarinho.

Atiama! É bom.

Dá ânimo de bom entendimento, força a mor de contar o que arreceava de pôr nesse registro de inventário.

O rapé vai abrindo caminho por dentro das ventas e alevantando outra tenção dentro de mim. Peguei amizade com ele despois de conhecer um velho, pouco tempo havia que Pay Deré tinha morrido. Foi amizade de bom entendimento aquela. E mo ensinou, tal velho, variadas cousas. Era ele um índio sabido do voo do sol e do voo da lua, da natureza e daquilo que é do seu cuidado e de como se penduram o mesmo sol e a mesma lua seja no branco do olho seja no escuro do céu e de quando dão de se ocultar de modo não natural, e ainda dos cometas e estrelas tudo e da semeadura dos dias e dos ventos.

Um índio poeta e sabedor das cousas.

Um tapuio, ele.

Repito.

A mor de me dar caminho nesse conhecimento, ele, que se chamava Klekleymiho e que era para ser um inimigo mas não o era, soube se fazer de grande valimento e amizade e por mor da morte terrível que se abateu sobre meu pai e benfeitor, e d'alguma tristeza que senti com o acontecido, deu que meu coração naquele tempo sopesava d'outra forma.

Era um sentimento sem norte no mundo.

E hei de confessar que foram dias ruins os últimos que abateram o meu corpo e o meu espírito e não sabia se haveria de ter tempo de escrever o que tenho precisão de contar. Mas, hoje, um novo ânimo me alevantou. Puxei o rapé, ele afinou o ar, cavaleiro em tropel pelo meu sangue, botando outra música na batida do meu coração. Foi daí que tomei coragem de contar o que devia, daqueles desgraçados cariris das Gerais e seus pelanquinhos, da miséria que se fez a eles. E por mor disso que me alembrei de Klekleymiho, o meu amigo.

Tem um grande mistério, o rapé. O rapezinho. Tem um tambor lá nele que rimbomba, é aquele tropel seu, um cheiro de mato que é antigo, cheiro de mato em dia de chuva, é certo, mas de outro modo também o cheiro que se alevanta das cascas das árvores nos dias mais quentes, de casca de pau, de jurema-preta, de mulateiro, de mulungu, de canela-de-velho, de pau-pereira, da alma do tabaco. O rapé me arrodeia. Toma forma de visagem. Sabe dançar.

Gosto!

Atiama!

E tem uma dança de árvores, um correr no mundo, uma alegria, uma tenção, uma queimação que me dá, uma voz, um vento, um rodopio, um remoinho de folha seca, farnesim alevantando o mundo, uma cousa, uma causa, uma moleza.

Nas ventas ele passa a mor de vir ajuntar as ideias. É medicina.

O corpo mole, a cabeça mui atenta.

Os olhos abertos para o mundo.

* * *

Atiama! Atiama!

O rapé, o rapezinho, ele me diz que é preciso de ter calma no desenrolar do fio dessa história. Que essa história devo de contar como quem se achega das grossas cordas do tabaco, desfiando tudo devagar. O rapé alenta. Custa no corpo, das ventas ao pé do ouvido, miudinho ele custa e vai dizendo que, a bem da verdade, Pay Deré inda não morreu nesse sítio das lembranças no qual me acoito, que não tenho precisão de contar sobre isso agora e que preciso é mais de contar as cousas direito, seguindo o fio do aranzel.

Mas respondo que contar tudo é custoso, por mor de que a guerra foi cousa de variados lances e nomes, profusão de mortes e remorsos, devassa e ruína e ainda todas as léguas e luas e sóis se arrastando conosco e nossos corpos e almas.

Se figura igual que uma velha, o rapé. Lumiosa. Vestida numa veste de aricuri, com seu saiote que Klekleymiho chamava de araoaya. E ela vem que chega dançando. Braba. Daí que o rapé, o rapezinho, se desdiz e remói que a ordem da guerra é a desordem, que o certo da guerra é o errado e que o caminho dela é estar perdido. Por mui perdidos nesse mundo são as veredas da guerra e o seu tempo. Inda diz que não tem precisão de contar de cada morto a sua miséria, nem de cada capão a sua traição, a sua infâmia. E me alembra então, de novo, do Yaguarový.

Atiama! Que seja!

Hei de proceder com bom entendimento, então. É o que lhe arrespondo.

Xus!

Ói a ventania!

Ainda na quadrada do Piancó

Yaguarový mora no céu. Bicho lindo, de boa estatura e formosos dentes, cada unha um terçado. Braba yauaara. Pelo dela, Klekleymiho mo contou, foi tecido do mesmo pano que o céu, roupa fiada de igual fazenda, mesmo colorido que Pay Deré dizia azulego e o velho tapuio dizia oby. E Klekleymiho dizia kreká para a linda cabeça de Yaguarový e mãz para sua bocarra aberta e cidolé para as fileiras de dentes e presas mui brancas. E pigó jará para seus olhos verdes que rebrilhavam diante do céu e do seu manto azul. Palavras de sua língua tapuia da qual mo ensinou algumas notas mas que não dei de aprender de todo.

Pay Deré não gostava dessas sabedorias de bugre e se aqui as conto e reconto é por mor de que ele há muito que partiu indo compor a outra nação, a nação dos mortos. Causo que suas rezas não o resguardaram de morrer, nem o Santo Padre, nem o Filho dele, tampouco o Pássaro do Espírito que fica pendurado no céu cantando e batendo as suas asas de ouro, eis a verdade.

Quando Yaguarový, o jaguar azul, sai da maloca de Nhanderuvuçu, que é donde ele habita com o Mbopy Recoypý, ele se encontra com a cobra caninana. Se Nhanderuvuçu não dá por vista e a yauaara escapole e desce do céu, grande desgraça se pode esperar. E quando a jaguaretê evém, cantando, o que pode escapar de sua fome? Nada que viva por baixo das leis desse mundo. E isso mo ensinou Klekleymiho.

Nem o sol e nem a lua e nem o dia por derradeiro, nada que escapa.

Guerreiro nenhum por mais tenaz não nem se dá por vitorioso.

E quando Yaguarový abre sua bocarrona e seus dentes tudo aparecem, por pontudos e terríveis que são, e ele dá a sua dentada e o sol se dá por finado, e o dia mais claro se escurece, então, pronto! E é outra dentada e a lua se apaga. Tudo conforme a sua fome. E assim que contou aquele meu compadre, e por me contar esse sigilo e outros de igual natureza, foi que se firmou aquela nossa camaradagem. Puxava o rapé fundo, fundo, prendia o fôlego, os dentes do velho tutira brilhando, brilhando que nem a lua.

E atiama!

Eiá! O rapé. O rapezinho.

Trago essa memória de longa data a mor de que foi por conselho do rapé que resolvi de contar essa história minha e da guerra e sua continuança me seguindo pelas mordidas que Yaguarový deu nos astros, marcando o tempo da minha existência. Quando o rapé me deu essa ideia, o certo é que eu nem tinha dado por fé que minha vida se ligava a esses eclipses, e me espantei que fosse verdade, pois se não foi diante da pressão dos dentes da yauaara azul que a vida que é minha se botou nesse mundão quando Pay Deré deu de me levar dos Gaspares na companhia de sua pessoa. Apois foi isso que me alembrei quando dei de começar esse registro: minha pessoa sendo levada do aldeamento sob o mau presságio daquela lua mastigada.

E por achar mui certo tal conselho, fui lá no começo do assentamento e risquei donde que tava *História da Guerra Miúda* e coloquei, por debaixo, assim: *Da primeira mordida de Yaguarový*. E donde se lia *História da Guerra Grande* troquei por *Da segunda mordida de Yaguarový*. E acho que está mais certo agora. Pay Deré não haveria de concordar com esse rumo novo, bem o sei, mas o rapezinho mo disse que como meu pai e benfeitor já está deveras morto, não tem via de corrigir nenhum traço ou trecho e nem eu hei que estar lhe prestando sempre tais vênias.

E arriba de tudo, não está mui certo que os lances mais duros se deram mesmo foi sob a pressão dessas tais mordidas?

São Salvador-Recife

Se a extinta aldeia dos cariris dos Gerais ficou para detrás, perdida pelas curvas com os seus mortos, verdade era que tanto mais subíamos ao País dos Bárbaros, indo pelas trilhas do sertão, guerreiros contra guerreiros, todos aqueles sucessos que se anteciparam naquele combate foram se dando por repetidos e inda mais violentos. Despois d'um tempo se pega costume com tudo, com as ordens que se devem de obedecer e covardia no tempo de guerra é não seguir a tropa e o seu comando.

A mor de subir para o Açu, donde os tapuios eram mais ruinosos e donde o governador-geral deu ordem de ficar combatendo no centro do território, fomos arrasando todos os sertões da Bahia até em cima, nos misturando às outras tropas que assolavam aqueles ermos. Se eram ofensivas em que pudéssemos ficar aquartelados em derredor das casas fortes alevantadas para refúgio, era de se ter um trecho menos duro da guerra, porque havia quase que sempre um roçadinho, no qual as bugras que eram do eito faziam seu ofício e por isso havia de ter menos fome. Tinha também infestados pelos sertões os aldeamentos de oratorianos, capuchinhos, jesuítas e franciscanos, um acá, outro ali, outro acolá. Eram esses lugares pausa de luta e de andança para Pay Deré, que ficava rezando seus sermões, no que eu lhe servia de toda ajuda. Assim como foram de pausas as visitas que se fizeram aos mandatários em São Salvador e em Recife, na capitania de Pernambuco.

Nessas cidades, demos de apear a tropa a mor de o Estrondoso, mais os seus maiorais e o meu pai se encontrarem com as autoridades em seus palácios. E inda a mor de se recompor as provisões para as investidas. Com eles eu ia também para todo canto, que naquela época Pay Deré nunca que me deixaria fora de suas vistas por grande tempo, e eu nunca dera de imaginar que o mundo fosse inda maior que o sertão, embora assim o afiançasse meu pai e benfeitor. E só dei por fé foi quando vi São Salvador e sua ruma de gente e seus castelos e as igrejas.

É aqui donde mora El-Rei, Pay Deré?

Não, criança. Aqui é onde faz morada o governador Matias da Cunha. El-Rei mora do outro lado do grande mar, já te disse isso.

Vou morrer de ver essas cousas? E essas casas altas, como se chamam?

Não morres de ver o mundo como o mundo é, filho do meu coração, e, nisso, Pay Deré riu de larga risada.

Essas casas altas é onde moram as gentes e há também o forte, a casa do governador, a catedral, o colégio dos jesuítas, como os verás.

E eu sentia que o rumor da cidade era deveras diferente do rumor do mato, e isso me apertava o peito d'um modo que não entendia. O vaivém das gentes de toda natureza e feitio e, mais que tudo, o medonho farol que mo invadiu o sono com seu olho desconhecível me davam uma agonia de estar fora de minha pessoa.

Em todos os encontros, o que diziam os grandes era o que já era bem sabido. Que os bárbaros eram cães do inferno e que ninguém lograva de contê-los, cousa que se esperava conseguissem o Estrondoso e inda as tropas de Albuquerque Câmara e outras comanditas. E que já havia notícia dos moradores e vaqueiros e meeiros se despejando no sertão em fileiras de içá, fugindo a esmo aqui e ali, desgarrando-se à própria sorte com medo das misérias dos bárbaros e indo sem provisão ou cautela a mor de se salvar, mas deixando para detrás as obrigações que tinham de ter para a tarefa que El-Rei e seus senhores sesmeiros lhes confiaram.

A vós é dada a glória de degolar os bárbaros, mas também o cuidado de tanger de volta as filas de retirantes, dizendo-lhes que se dão por traidores da Coroa se esvaziam as capitanias. Mandai-nos para Tamatanduba, Cunhaú ou onde quer que se alevantem as casas fortes, e os que teimem em desobedecer que sejam castigados. E a uns e outros caiba o peso dessa ordenação, dissera o governador diante do Estrondoso, em São Salvador.

O comandante teve um entendimento de que aquelas palavras eram ordem de degolar também quaisquer dos vaqueiros e colonos em fuga a mor de fazer valer a lei, e assim foi cometendo em pelo menos duas vezes no caminho a Pernambuco, cousa na qual Pay Deré teve tentativa de educá-lo para que não o fizesse. Mas, no sertão, cada um tinha a lei conforme seu próprio entendimento e vontade. E o julgamento do Estrondoso era o que era.

Quando, já em Pernambuco, a comitiva foi recebida por outro governador e um bispo, de nome dom Francisco, que pispiou nosso séquito com cara de desagrado, de canto de olho, remexendo a boca dele lá em nhãs e nhuns, durante toda a função, capaz que desconhecendo a qualidade de gente que éramos tudo nós, pelos andrajos e má figura que faziam nosso mestre de campo e mais seus gentis-homens e mesmo Pay Deré, tenho hoje no meu entendimento que era obrigação que haveria o dom Bispo de saber que o sertão fosse maltratadeiro, não dando por fé que fosse um mundão poeirento que a todos deixava por encardidos e nossas vestes por miseráveis.

Decerto o seu juízo de nosso bando se agravou despois pelo que conseguiu de declaração de Pay Deré, quando ficaram eles longe das vistas do mestre de campo, conversa a mor de ter conhecença dos costumes da tropa, perguntando se o Estrondoso zelava pelas ordens d'El-Rei e de Nos'Senhor e inda outras cousas variadas, dessa e doutras naturezas.

Soubera ele que o Estrondoso tinha suas sete concubinas para seu desafogo de macho e quisera confirmação de Pay Deré, tanto sobre esse tema como do uso que a soldadesca fazia das cunhãs e das cunhantenhis, da rapina que faziam submetendo não só essas mulheres como outras, que extraviavam para uso do corpo. Sua cara se torcia e seus olhos se arreviraram mais diante da afirmativa, e penso que deveras ele se enojou. Mas nada não disse que não fosse de sua pertença de padre e de governamental, e despois se fiou, ou deu parecença de se fiar, na palavra de que a tropa iria, seguiria e não pecaria mais. Pay Deré por sua vez não deve de ter contado de que era ele mesmo useiro e vezeiro dos mesmos vícios da tropa, decerto.

Despois desses reservados, a tropa subiu inda mais o País dos Bárbaros a mor de alcançar o Açu e éramos já uns mil e duzentos homens de arcos e frechas e oitenta e quatro brancos com espingardas aos ombros quando partimos da capitania de Pernambuco. Uma jornada dura, na qual o terço passou necessidade e nessa picada morreram mais de cem de fome e outras misérias, lá mesmo no trecho de Canindé às Piranhas. E o Estrondoso gritava e gritava sempre:

Cuó, cuó, cuó! Estroir tapuia. Rancar cabeça de tudins êlos. Té finar, guaracuci nhedibá!

No País dos Bárbaros

Antes de cada batalha, que não tinha, não, data que não fosse dada pelo sol ou pelo sereno, pela chuva ou pela lua mas que Pay Deré anotava em seus papéis com precisão, a quentura do braseiro bafejava por tudo que é canto e quina que houvera de o mundo possuir, pinicando a tropa toda, fervilhando ódio. Quentura que, vinda do céu, se espalhava pela cabeça, pescoço, fontes e ao mesmo tempo parecia de vir do oco da terra, subindo pela sola dos pés, se trepando pelas pernas, se aferrando a trapos e pelos. Sua viração não cessando nem mesmo na noite.

Anhê!

Qualquer noite, sempre quedada de todos os ventos, sem uma brisa fraca inda que mormacenta, fervia naquela quentura. A tropa serpejava pelo chão seu corpo ondeado, numa variegada cambada. E a tropa era, ela mesma, qualidade de bicho tremendo, cossocando e se fazendo escutar de longe pelas trilhas do desertão, seu rumor de muitas vozes, seu tropel de tantos cascos, seu resfolegar de muitas ventas.

Uma besta feral, pois sim! É o que era a tropa.

A nossa ou qualquer outra que se pudesse alegar em nome d'El-Rei. Nós, os paulistas. Os das entradas. Suada e combalida chusma, a pança ronqueroncando, que a munição de boca tida como provisão se esvaía logo e era sempre pouca, que o sertão estava mesmo era infestado de nós tudo, e o que chegasse de parte do governo para forrar a fome nunca durava o que tinha de durar e se dependia, no miudinho dos dias, era da boa vontade do mato, do que ele se dispunha a dar, quando dava, a caça miúda, a tarefa dos roçados que se arrestava de razia em nome d'El-Rei e de dom Bispo e ainda o gado dos currais que se ia encontrando e matando para se ajuntar à farinha de guerra e baralhar a fome, isso quando dava.

Quando não dava, era o que era. Uma devastação.

Por venenosas saúvas, cortantes tucuras nos tomavam os vaqueiros e suas famílias. E mais os bárbaros. E tinha ódio demais naqueles sertões, lavados e relavados nessa liça. Inda tem. Uma perturbação enfiada em tudo, porque sempre foram de tormento as epeleitadas d'El-Rei e de rusgas que sempre foram feitos os seus negócios. É o rapé que me assopra.

E esse era e é o turno de sempre.

Andar, comer, matar, morrer.

Morrer, matar, comer, andar.

E vaguear com as outras feras, no mundão desolado de tudo do sertão. Combatendo donde fosse de combater, ali na Bahia, acolá no Piauí, acá em Pernambuco ou no Ceará e no Ceará-Mirim, também no Rio Grande, por tudo que é canto, tornando ao começo, recomeçando sempre. Matando, esperdiçando tudo. De modo igual que a peste que assolava aquele tempo, espalhada pelas águas corruptas do porto de Salvador a Recife, e que quando pegava o vivente corrompia o corpo a partir da fervura no coração e no sangue, desfalecendo, amarelecendo e matando gente demais daquele flagelo, mas da qual nosso terço se safou, tanto que não posso acá dizer que vi um só defunto decaído dessa moléstia. Mas que ela fez seu sezão no mundo daquele tempo, ah isso fez, se não foi por tal moléstia mesmo que há de ter morrido aquele Matias da Cunha, que se tinha por governador-geral.

Anhê, que da única vez que vi aquele homem achei que, mesmo vivo, tinha por demais a aparência de defunto embora defunto inda não o fosse.

No miolo da Grande Guerra

Cuspo.

Na guerra fui me criando. E por me criar chegou o tempo que arranjasse ocupação mais precisa, para além de descalçar as percatas de Pay Deré e tacar fogo nas palhoceiras. Por querer sempre a conta acurada das carnificinas, um feitor que restara, que o outro tinha morrido varado de frecha, me obrigou de fazer tal tarefa, e por ela é que tenho relembrança das contas certas ou quase certas que dei de fazer naquele tempo. E contava, quando dava de contar, a todos, sem distinção.

Os mortos do nosso lado.

Os mortos dos inimigos.

* * *

E dava eu os números dessa tarefa primeiro ao tal feitor e depois ao meu pai, que talvez fosse ele o portador dessas contagens ao Estrondoso e aos demais comandantes, pautando as perdas do nosso lado, os estragos do lado inimigo e outras cousas importantes ao registro. Os números que eu amealhava eram logo repetidos. Certo é que se compraziam quando as levas de defuntos eram maiores do lado dos tapuios. Pay Deré fazia avexado o sinal da cruz diante dos montes de mortos inimigos e isso bastava. Aos defuntos do nosso lado dizia seus rezos com mais contrição e demora. Se também se congraçava com a miséria das contagens, não sei. Acá, só do aleijão das minhas lembranças posso de dar notícia, mui embora o rapezinho intrigue, dizendo que Pay Deré se contentava mesmo com aquilo tudo.

De primeiro, contar os mortos fora cousa difícil de se fazer. Dificultoso a mor do miasma que parecia tomar forma, entre o visguento e o fumeante, assomando tudo, deixando o ar pesado, reimoso. Aquela gordura da morte e a sua fedentina arrupiando a natureza das gentes, a minha. Além disso, havia eles, os defuntos, suas caras, seus pés, pernas, peitos, braços, suas cabeças. As costelas fendidas, as apás descorçoadas, as tripas saltadas, roliças, os olhos vazados. Tentei de fazer as somas ajuntando as partes que se davam por separadas dos corpos que deviam de lhes ter por pertencimento. Mas essa não dava senão uma conta por demais baralhada.

Atiama!

Uma confusão de carne derrotada, mais do que rendida, é o certo de dizer. Após as degolas e os tiros, depois das frechadas e dos traspassamentos, ia eu futucando as carcaças com um pau, a mor de não perder o fio da meada. E futucando a carniça, ia aprendendo sua miséria. Massacre de gente, massacre de boi, de tudo que tombava diante da guerra.

Cousa mui feia, dou por testemunho.

Depois das contas, os restos.

E como aqueles bugres não tinham nada de valor a não ser mesmo as suas vidas, que ali se esvaíam, e mais o chão de que eram donos, o feitor me deu outro encargo por responsabilidade, tarefa essa que se dava por escondida. Que eu, também, decepasse em seu nome um mói de orelhas, em um mal acobertado segredo ao qual deveria me dedicar como pudesse, rapina que eu fosse, no campo de batalha.

O que quereria o capataz com aqueles miúdos, não saberia dizer.

Talvez os salgasse e ressalgasse para ornamento de escapulário, para carregar consigo no bornal. Talvez se servisse de tais partes para comer, e aquela carne, depois de seca, lhe comporia o farnel. Não sei. Des'tá que não confio que para esse fim não era. Ou pode bem ser que o feitor enviasse tudo ao sargento-mor para que o sargento-mor fizesse daquele uso que eu pensava que o feitor é que faria. Ou capaz de ser que não, que as desse nas mãos do Estrondoso para que este mesmo comesse. E eu fechava os olhos e agarrava no pensamento de que mais gente se fartava daquela minguada carne.

Pay Deré? Será? Será que ele também fazia dessa comunhão?

O corpo de Cristo!

Ou, quem sabe, fosse outro o destino daqueles restos e dali seguissem como encomenda para algum emissário d'El-Rei, como prova de nosso empenho. E, do porto mais próximo, fossem embarcados em bem fechada arca n'algum navio até chegar ao Sereníssimo Castelo, para que a Majestade, ela mesma, se fartasse, com a dona sua mulher e mais seus filhos que haviam de ser muitos e ainda seus comensais todos, dos nobres e até a soldadesca, comungando daquela merenda.

Suussuú, suussuú, suussuú, suussuú, iam todos mastigando!

A mesa de banquete d'El-Rei, que haveria de ser rica e farta, de madeira dada de brilhar de muitas eras e sobre a qual não deveriam faltar bolos, regueifas, porcos cevados e peixes frigidos na banha e inda as perdizes com çanoiras, doces e azedas naranjas, bagos e bagos de uvas, galulas de fino açúcar, aquelas comidas todas que nunca dei de provar e de que Pay Deré falava e que sentia tanta falta, quando a fome assolava no sertão. Pois aquela mesa luzente haveria que receber, eu pensava, aquela carne seca a mor de misturar a uma farinha mais rica que a nossa, farinha real e não nunca farinha de guerra, para daí ser servida em pratos de prata para toda a corte se fartar, e a Majestade se comprazer, de barriga cheia, dizendo,

São estes os bárbaros do sertão a quem os paulistas caçam e por quem sofrem toda sorte de intempéries. Os paulistas, os meus bravos. Ou antes, estas são as iguarias que nos mandam os nossos fiéis súditos, os valentes que, palmo a palmo, fazem por donde o nosso poder se assentar na colônia e que nos são gratos por poderem prestar semelhante favor à nossa casa real e por nos serem assim agradecidos é que nos enviam esses extravagantes acepipes. Sirvam-se! Sirvam-se, fidalgos!

Quem saberia dizer o que mais ou o que menos El-Rei falava à mesa, os dedos enlambuzados, os dentes amarelos e a barba recendendo a banha? Talvez fosse isso ou talvez fosse cousa diversa. E pode ser que se risse El-Rei e seus nobres e inda as cortesãs, empoadas e com altas perucas, tão altas, tão altas como as mesas de fartéis das quais falava meu pai e protetor em suas febres de fome no sertão.

Ou, vai que dizia o Soberano,

São estas porqueiras que me enviam do sertão os paulistas, aqueles merdas, a quem dispenso os melhores recursos, o melhor das minhas promessas. E tal e qual Caim, são esses súditos avarentos em suas ofertas, mal-agradecidos, que mo mandam só essas postas miseráveis e por demais ressalgadas, esse charque que em nada se compara às regueifas e beilhós que os filhos da Espanha enviam a Carlos, o fraco, o enfeitiçado, o manco. Que esses restos só nos sirvam de tempero à guarnição é nossa pena por ter de depender daqueles paulistas boçais.

Mas dou por fé que não o posso saber ao certo o que dizia ou não dizia El-Rei, e por mui jovem, como eu já disse que o era, não ousaria saber ou fazer mais do que mo era encomendado, embora minhas ouças estivessem atentas às conversas dos maiorais com o meu pai e benfeitor e inda os meus olhos estivessem abertos aos seus papéis. É o que me alembra o rapé.

E entre uma cousa e outra, fui aprendendo, com a minha faca, sobre a falência dos corpos, dando de comer à lambedeira conforme a minha obrigação e empenho, dando de comer a tantos outros que eu não saberia mesmo dizer quantos e de qual procedência, inda que a minha barriga roncasse de fome e o sertão, por duro, não nos desse ervanço ou bagem que fosse para o sustento de todo dia.

Mas eram orelhas que o capataz queria?

Pois que as teria.

E quantos mortos amontoados no chão?

Nos dez primeiros que cortei, nessa tarefa, a lâmina lambeu eles tudo com sua língua e em meio a um grande escurecimento das vistas, a minha mão se tremeu, mas não se deu por desfalecida. Ou deu? Não me alembro. Na primeira contagem que fiz, embora a mim me parecesse bem mais, um número sem fim, volume que eu não daria cabo de contar até o derradeiro, na conta geral de tudo eram mesmo 111 mortos.

Anhê!

E as prendas que entreguei ao encomendante, pesavam no bisaco e em meu coração.

No momento daquela primeira entrega, hei de confessar que minhas tripas se enrolaram pesando na barriga e que aquele bicho das sombras, velho camará meu, parecia que ia pular n'um bote certeiro e mortal. Foi quando um jato sujou os pés do feitor, e dessa maneira que lembrei que a guerra também azedava a um vômito grosso, gueena fétida que saíra de mim.

Despois, com o tempo passando, perdi as minhas contas gerais e as delicadezas.

E nisso foi que me acostumei e cresci.

Do Chibante

Cuspo e sigo nhemunando.

Apois aquele feitor, chamado Santiago Chibante do Couto, o que mo deu a tarefa de cortar as orelhas aos tapuios, há mui que deitava olhos pouco costumeiros sobre a minha pessoa. Era mui ativo no terço, nos mandados, nas perigosas porfias. Numa feita, bem antes que eu tivesse por ocupação de dar contas dos mortos, logo despois que a tropa apeara d'uma andança e eu me achegara de Pay Deré, como de costume, ele se abancou de nosso lado. Tinha um feitio atarracado, ombrudo, crestado pelo sol e pela acha d'algum sangue misturado. A barba e os cabelos escuros e revoltos, a boca grande e os olhos saltados, como que d'um louco, e que demonstravam um permanente apetite. Cheirava pior do que qualquer outro da tropa, reimoso, o que lhe dava uma nota mais embostelada, ao menos para minha pessoa. Asco d'uma antipatia já lhe tinha.

Se achegara, sem osso, ciciando ao meu pai que carecia de

alguém que lhe acompanhasse em uma batida e que por pequeno de ser, e ágil, eu seria de bom valimento; ao que Pay Deré lhe respondera, com a cara fechada, que me tendo sob seu socorro, posto que minha real filiação e situação eram cousas que acreditava oculta a todos ou a quase todos, não fazia gosto de me ver, ao menos por ora, nas lides mais perigosas da guerra, e que lhe seria fácil arranjar alguém de mesmo porte e mais esperteza, me livrando de me estar nas brenhas com tão temível miliciano.

O que haveria de querer mais além da presteza que era minha naquela empeleitada?

Meu pai supunha e por mor disso mesmo se precavia. E quem estava em proteção de Pay Deré era o mesmo que estar debaixo do chapéu do Estrondoso e por isso ninguém me bulia, que o sertão e a guerra tinham perigos mui próprios para alguém como eu e, no caso de nosso terço, a má fama do feitor não era escondida de ninguém, como se qualquer outro ali, mesmo Pay Deré, não fosse de igual ou próxima natureza, aquela mesma gana e necessidade de devoração. Tudo gente perigosa.

Algo em que também eu me tornava, hei de confessar. Uma glória que eu queria.

Mesmo debaixo de tanto temor, fui me dando convencimento de que quem me parecia mais pronto a me dar algum gáudio da guerra era mesmo o tal do Chibante, que era tão horrente quanto o Estrondoso, um valentão. E as cousas espantosas que dele se testemunhavam, diziam da desgraceira que espalhava na batalha, que nem cristão parecia de ser, a mor de que era mau com tudo, com gente e bicho bruto, e às mulheres calava a boca a machetadas por desgosto especial que lhes tinha, e inda se dizia que fornicava com o que seus olhos botassem reparo, fosse vivente ou não, por lascivo que era.

E não para isso, não para essa companhia, Pay Deré mo educava, era o que dizia o meu pai e benfeitor.

Te aparta o mais que puderes desse pecador, Joaquim. Cuidado com ele. É pérfido, hostil. Se não te apartares, o fogo do inferno te engolirá junto com ele, guarda o que te digo. E o Diabo é ruim, Joaquim, e te maltratará pela eternidade, cousa que não queiras.

Isso foi o que disse Pay Deré mais tarde, me botando medo, logo depois daquele pedido do Chibante, a cara de meu pai tornada vermelha, certamente de aflição. Mas se antes Pay Deré fora todo suavidade para com o Chibante, naquela hora da negativa, provável que para não atrair alguma desfeita, depois, comigo, botou aquela voz de advertência, de ameaça. Há de ter suposto que mesmo temeroso que me sentia, o Chibante me seduziria com alguma promessa de aventura. E, com efeito, quando se pôde colocar ao longe das ouças de Pay Deré, se achegou de mim o tal feitor, com um riso diferente na carantonha, o qual não consegui decifrar, talvez por um resto de candura que àquele momento inda me restava na vida. E foi que gracejou, entredentes,

* * *

Protegido ou protegida, o que é mesmo que tu és, invertido? Que não consigo distinguir direito? Tens peitos e brecha ou tens um malho no meio das pernas? Deixa que eu pegue a mor de descobrir? E só Deus é quem sabe, de que uso o frade faz mesmo de sua pessoa, trepeça, será só por ajuda nas sacristias ou não será por outra cousa de mais gozo? É o que me pergunto. Seja o que for, tenho o que precisas a mor de te endireitar.

Não permiti que mo tocassem suas mãos, me desvencilhando com raiva, e, nisso, levou uma delas à trouxa de suas vergonhas, balançando-a. Não compreendi de pronto o que dissera, qual tenção colocara naquelas suas palavras e em tal gesto, que o despudor era a norma da tropa em quase todas as prosas. E me tremi diante dele, podia de ser de susto, podia de ser de vontade d'alguma proeza. Eu não sabia. E tanto quanto temia e engulhava, mais mo atraía, feito o vazio d'um despenhadeiro.

Mas ficou só naquilo, apois pela negativa que recebera de meu pai e benfeitor, o homem se contentou mesmo foi de ter como ordenança um rapaz, um tanto mais alto e de mais idade do que eu. E com esse rapaz, um carijó de nome Patané, esteve acompanhado por dias e noites a fio, mesmo despois daquela empeleitada para a qual queria contrato com a minha pessoa, e ficou fornicando com o rapaz que lhe era submisso e mais fraco, cochichavam. Até que Patané finou-se e alguém disse que fora jararacuçu.

Jararacuçu era o Chibante, apois, sim.

* * *

Que nenhum ajudante seu nem não durava. Um se dera por extraviado no sertão, outro que havia de ter fugido ou sido morto à socapa por algum tapuio, quem saberia? Patané durara cousa de meses, mas daí aquela história de jararacuçu, que não dava a mor de saber direito, porque foi que acharam o rapaz num capão, desfigurado de morte. O que se passara, quem saberia ao certo? Sangrara demais pelo rabo.

Que veneno era esse de jararacuçu?, alguém cochichara, uma das bugras do Estrondoso.

E se deu que não se passaram nem três dias do enterro e voltou a me cercar o tal capataz, e tanto foi, que numa vereda, ao me ver descuidado de Pay Deré, puxou-me de lado e mo entregando uma faca rombuda, disse que a partir dali estava eu sob seu contrato. E apois foi desse modo que consegui aquela faca.

E disse mais, que a faca e minha pessoa trabalhariam sob a sua ordem e de ninguém mais.

E foi ali que mo apalavrou para a tal tarefa de contar os mortos. E mesmo antecipando as imprecações de Pay Deré quando descobrisse minha desobediência, recebi exultante a lapiana, sem compreender como deveria pagar o preço daquela prenda, e coloquei sua lâmina em contato mui íntimo com a minha cintura, bem escondida. Era do seu feitio ser fria, resguardando em si a gelidez de pedra original, mas logo me roubou o calor, se fazendo de minha irmã.

Imaginei, naquela primeira noite febril da nova camaradagem, que mataria com aquela faca as caças do mato e as víboras e outros bichos de maior ou menor peçonha, e que com ela defenderia a minha vida e a do meu benfeitor e pai, se preciso fosse. Pensei ainda que ela se prestaria a esses nobres trabalhos da guerra e, também, que eu teria algum tempo para aprendê-la.

Mas as facas ensinam a sua própria destreza, cousa que eu já havia observado.

E nunca se avexam de cumprir mandados inda que sejam os mais baixos.

Aquela faca!

Apois foi com ela mesma que me dispus a cortar os tapuios mortos para o Chibante, já o disse. As orelhas deles. Minhas mãos que inda pequenas se sujavam de sangue e salmoura. E nisso não tinha fisga de remorso, nem cerimônia nenhuma que se desse a céu aberto. E ia me domesticando nos lugares mais infames. Cousas que haveriam de fazer um bom soldado, eu tinha p'ra mim.

Mas, na descoberta daquele contrato, Pay Deré me corrigiu com grande brutalidade, sua correia estralando o couro contra meus rins. Pensei que a mim me mataria e foi grande a zoada daquele desentendimento.

* * *

Pu, pu, pu, o barulho da correia que rebentava.

Foi quando o Estrondoso, do alto de sua importância, me enxergou.

Q'ueu dava tamém em vosmicê ingual que Pay Deré. Popocava tu, c'a mão mai firme, inté puir e sapecá, pra mó da sabença do seu lugar, que seu dono é que divia de ter cuidado com que fosse de se ocupar acá. Mas que já tá ganzelo a mó de servir em sua tarefa, que seje.

Na última das lapadas do relho de Pay Deré, caí. Mas daí já tinha consentimento do Estrondoso. Despois, ao colocar sua mezinha no ardido dos meus rins, meu pai e benfeitor clamou que não envergonhasse o sangue dele, a mor de que soubesse meu lugar, para que não esfregasse meu corpo no corpo do Chibante e nem de qualquer que fosse, a mor de não deteriorar minha pureza, que por infante já ninguém me tomava, que para o alto ele me queria e outros planos ele imprecava a Deus pela minha pessoa, pelo meu futuro.

Te ajeita, Joaquim. Anda no caminho reto.

Mas para minha pessoa certamente que não havia de ter caminho reto, ele deveria de saber, só as subidas e descidas das pirambeiras. Porque mui desejava de ser dos bons. Dos temíveis. Com asco, sim, mas sem desespero. Por causa de que aquela era a vida que me cabia. Era o que eu pensava. E inda penso. Que a idade não apara aresta e nem parelha delicadeza no que é rude.

Na quadrada do Piancó

Quando o sangue dos mortos se dá por derramado no chão, a terra chupa o seu tanto, mas ele também engrossa o ar com seus miasmas. E quando se ajuntam a poeira e fumo disso e penetram a pele e as ventas, é daí que se entra no transe, na embriaguez da morte. Tem uma natureza corroída essa matéria, aprendi. E corrói as gentes junto.

Anhê!

E a mor de que tanto se falasse da qualidade animal dos bugres, feitos para servir como animais de tração para todas as riquezas, fossem as pecuniárias ou as do corpo e isso parecesse justificar toda miséria que a eles se fustigasse, devo contar a bem da verdade o que me custou naquele tempo me tornar quem me tornei. Porque tudo há de ter a sua paga.

E despois de cada lote, as tripas remoíam. O vômito lançando a sua gueena e o peso da noite pareciam me cobrar a parcela do meu ofício. E mesmo que me convencesse de que apesar da herança de Maria Grã em estampa na minha cara o meu sangue fora limpo pelo de Pay Deré e por tal mistura que se deu, pauta com bugre eu é que não tinha, ainda assim me sujar naquilo repunava a natureza por mor de que na cara do morto tinha as vezes que eu me via. Inda mais quando era de idade e semelhança próxima da minha.

Impressionável que era, por infante que inda fosse, decerto. E assim eu calava dessa pedra que pesava, a mor de que não havia que ter remorso por aquele ofício e tampouco para dar razão a Pay Deré, que se sofrera nas costas a paga pela conquista do meu lugar na guerra, o haveria de manter sem me pôr em essangá de choramingos. E o Chibante dizia que a mim me matava também, caso não cumprisse o combinado. E que ninguém nem acharia o meu corpo ou o resto dele. Mas o escuro da noite impunha sua dura matéria e desmentia todo o meu convencimento diante do meu sono. E no seguinte dia eu que me fosse a aprender tudo de novo até não sentir mais nada daquilo.

Nas contas de minha idade Pay Deré dizia que eu já estava pelos doze ou treze anos. E eu por certo já não era a mesma pessoa que saíra de Sant'Anna. No encargo das andanças e batalhas da tropa, o corpo me fora crescendo descontrolado e, nisso, foi mudando como os rios, como as picadas que se abriam nos caminhos, tal qual as árvores que se lançavam do chão ao céu em busca d'um dia mais claro e que se afundavam no oco do mundo se alimentando da escuridão. Era tudo desencontro. Apois, sim.

E era com tal feitio do corpo que Pay Deré se alarmava.

* * *

A mor de que já não era aquele corpo pequeno que eu tivera quando deixei o aldeamento e nem mesmo aquele dos tempos de Piratininga. Porque o corpo crescia e se mostrava. E porque não há, debaixo do céu e por cima do chão, nada não que esteja oculto que possa escapar de ser revelado e nada não que esteja escondido que não possa ser trazido à luz do conhecimento, por palavra de Nos'Senhor. E Pay Deré disso bem que sabia, pois se não era essa a razão pela qual ele vinha se tornando mais duro, aborrecido comigo.

Quase que não havia mais a natureza de uma paciência mais suave, que de quando em quando, no tempo de antes, se revelava nele. Mas naquele trecho da vida sempre me falava de cara fechada. Havia muito que a palavra se fazia mais era na bordoada do que em doçura de sermão. A palavra, ibirapema ou itangapema, porrete ou espada. Mas não era só por mor de minha desobediência no causo do Chibante. Se tornara mui triste a nossa amizade na dureza de nossa vida na guerra. Verdade seja dita é que à medida em que eu crescia, meu pai e benfeitor se revoltava mais ainda com a natureza do meu corpo e em resposta minha carne desejava refrigérios que eu ia aprendendo com a minha pessoa mesmo.

Minha mão direita, a mais tenaz e sabida.

E inda o aprendizado daquilo em meu derredor. A visão natural dos bichos sobre os bichos, dos machos sobre suas fêmeas e, de semelhante modo, a visão dos homens cingindo com seus corpos as ancas das bugras, ou mesmo nos escondidos, dos homens sujugando as ancas d'outros homens, em especial dos mais novos, e mesmo dos homens sobrepujando com suas forças os corpos d'alguns bichos.

A tudo isso eu via, por aberto ou secreto que fosse. E, por certo ou por errado, algo de novo me sobrevinha.

E eu viçava.

Houve um tempo em que tive para comigo, cousa que de quando em vez inda me cascavilha, que o destino funesto de Maria Grã, minha mãe, pouco mais d'uma menina o era quando Pay Deré a tomara para si, pouco mais d'uma menina o fora quando partira desse mundo em mui sofrimento, abalara algum remorso nele de tal modo que não conseguia enxergar bem aquilo que fazia, sem pensar nas miudezas e a mor d'onde suas ações tomariam rumo e por donde me levava.
Mas é forçoso dizer que também penso justo o contrário, que nunca que houve verdadeira contrição porque era da índole mais funda de meu pai e benfeitor tomar-se em verdade como sem defeito diante de Deus e dos homens.

É o que penso, das vezes.

Como se mudar a natureza das cousas fosse algo que se guardasse no oculto sem que ninguém tomasse nota.

* * *

    E pensando melhor, talvez essa tenha sido sempre a sua índole, na vera. Porque fora isso o que fizera com Tacuapu, era essa a insistência do que fazia a toda gente e bicho e planta em curiosidade de enxertias que quase sempre goravam, isso nos tempos em que inda se assentava em Piratininga, ou porque as plantas que escolhia eram inimigas entre si, ou porque a natureza de gente e bicho fosse sempre mais tenaz. E decerto foi por isso que se metera nos sertões, para mudar o mundo em favor d'El-Rei, de Nos'Senhor e de sua própria soberba.

    Mas mesmo os bichos que se empenhava em amansar nunca que perdiam a sua índole, e o soim de nome Forasteiro, que achou certa vez machucado talvez d'uma queda das costas da mulherzinha macaca que inda lhe havia de dar leite de peito, e que por algum tempo viveu à roda do seu pescoço também em Piratininga, um dia, sem mais, voltou p'ro mato, a mor de se estar trepado nos pés de paus com seus parentes, como se nunca houvesse sido amigo de gente.

    E não era essa a energia que devotava e empreendia fazer também com a minha pessoa d'es que me levou do aldeamento, d'es que deu de me dar mais d'uma vida? E decerto por isso se tornara também um soldado de Nos'Senhor, porque rezar era sua arma, usada em todo propósito de sujugar o outro, e talvez porque aos rezos recorre sempre tal tipo de homem quando tudo o mais se desacerta.

No miolo da Grande Guerra

Fora a mor de preparar um ataque aos gentios janduís, nas imediações da lagoa do Piató, numa beira do Açu, que o sargento-mor saíra em expedição de reconhecimento a mando do Estrondoso. Eram, pois, ele, o sargento, e mais vinte e dois homens, que se puseram em marcha, não em refrega de batalha, mas em tenção de aprender não só aos bárbaros, mas àquele sertão em sua paisagem. Pensavam que, assim, munidos de sabença, o assalto maior seria de mais fácil triunfo quando tivesse de ser.

Antes dessa aventura, o Estrondoso e a comandita concordaram que, por ali ser o próprio domínio do rei dos janduís e, desse modo, também dos príncipes que foram causa e motor de toda a Grande Guerra, e ainda por ser aquela leiva de donde brotaram todos e quaisquer dos lances cruentos que assolavam o sertão de cima e as terras d'El-Rei, se fazia necessário botar grandes cuidados antes de qualquer ataque.

As guerras, é sabido, organizam seus assaltos nessas aprendizagens e as escaramuças tudo carecem de preparo a mor de na hora quente das porfias se morram mais do lado dos inimigos do que do nosso e que se conquistem mais haveres do que se percam. E embora aqueles homens fossem como batalhão nessa frente, armados e preparados para toda situação, não se tinha em vista uma batalha mesmo, na vera.

Mas não foi o que ocorreu.

O mato tem mil olhos e vozes. O mato é grande e por vezes se dá por encantado. A mor de que as folhas e os galhos e tudo que é planta, da maior à rasteirinha, e mesmo o chão e as pedras em derredor delas e que lhes dão osso e firmeza, têm suas simpatias, seus gostos, seu lado. Por mor de que mato tem sua própria ciência do mundo e de igual modo também os seus acertos e contratos. Firma alianças que desconhecemos. Não por mor de gostar ou desgostar de gente. Mas por mor de se ter em própria vantagem sua. Digo isso é do mato brabo, por certo. Não de planta que se dê por roçado, por domesticável. Que o mato tem, na sua língua, a força de suas próprias decisões. E foi desse modo que os bárbaros janduís não estavam em descuido, aliados do mato, tudo de tocaia, esperando o sargento e mais seus vinte e dois homens, tudo eles desvisíveis em um capão, esperando, em silêncio, quase que não respirando, ou respirando igual que o mato, no mesmo compasso. O mato lhes mudando, lhes pondo em estado de encantamento. E a batalha que se seguiu foi cruenta.

Mas talvez não devesse falar em batalha, senão em massacre.

E se, de nosso lado, havia mosquetes, arcabuzes, pistolas, escopetas, clavinas, espingardas, enxadas, bipenes, rodelas e facões e arcos e frechas também, do lado deles, para além dos arcos, das frechas e das lanças usuais, e mesmo dos velhos mosquetes que ganharam dos holandeses, o fato é que tinham por armas mais obstinadas a dança de suas manobras, a brandura de corpos mui brincantes no embate, o conhecimento do terreno que os fazia ficar envultados, escondidos a mor d'uma força que nem Pay Deré e nem o Estrondoso e nenhum dos maiorais reconheceria. Quiçá fosse a força de seus rezos e cantos, a bença do mato brabo, que aos olhos nossos baralhava a ação daqueles inimigos.

Soubemos disso pelos únicos dois que escaparam.

Eram custosos, aqueles janduís, guerreiros renhidos, e do nosso lado fizeram com que o sangue dos nossos homens desse de beber à terra, tornando o sargento e mais os seus numa ruma de carcaças espalhadas. E sob o céu ia subindo o clamor dos que morriam, enquanto tomava conta de tudo a fedentina da batalha. Por mor de que a guerra fede a salitre e merda e urina e sangue e vai supurando em uma podridão mui própria dela, uma morrinha a qual é impossível nomear.

Naquele capão do Piató, nem Pay Deré e nem ninguém da tropa se arriscou a dar enterro cristão aos nossos, que ou foram comidos pelo mato, com sua fome que a tudo mancha de verde, ou pelos bichos do mato, ou foram tragados pela terra, ou, quem sabe mesmo, serviram de repasto aos bárbaros.

O que se havia de fazer?

* * *

 Alguns homens até se dispuseram a fazer o resgate dos restos dos companheiros, empresa arriscada e que não tinha garantia de retorno, no que foram proibidos. Com emoções tomadas pela perda de dois camarás que mo eram amigos, cheguei mesmo a pedir a Pay Deré que me permitisse de ir com eles, causo tivessem a aprovação do mestre de campo. Confiava eu na faca que me era íntima. Mas Pay Deré rechaçou a ideia com violência.

Essa terra há mui que envergonha a promessa de paraíso que a todos nós nos foi prometido ainda nessa vida. E te perdes, Joaquim, sinto em ti a gana em te perderes. O que poderia rogar aos céus é que te mantivesses ao largo do morticínio e daquele tal Chibante que te quer levar às profundezas do mal. Mas essa batalha eu perco, e só o Pai Santíssimo a me socorrer. Essa é uma guerra terrível e temerária, ainda mais para alguém como tu.

Mas de nada não tenho medo, protestei.

Pois deverias, criança, se eu mesmo sinto as entranhas reviradas. Aquele que teme pode ter a chance, ainda que pequena, de preservar o corpo e manter intacta a alma para a glória do Senhor. O que nada teme, por mui pouco se perde. Além do mais, o mestre de campo não há de arriscar mais nenhum dos seus homens.

 A verdade é que o meu pai e protetor se remoía diante do cenário de tão inclementes ofensivas, como se cada batalha não fosse o que sempre era e como se não tivesse vindo a essa terra a mor daquilo mesmo. Se cansava. Entretanto era, sempre, um homem de delicadas hipocrisias, e embora me houvesse arrastado para o centro daquela danação, sua intenção, dizia, sempre fora me manter a salvo dos perigos do mundo, fosse da guerra e seus homens, fosse de Satanás ou da morte. Uma tenção sem juízo.

Se acoloiara àquela tropa sonhando sua parte em prestígio, em terras para sua graça ou da Igreja, em patacas para o seu bisaco e inda em cunhatãs preadas a desserviço de Nos'Senhor Jesus Cristo, eis uma verdade. Mas envelhecia. E dava de ser mais temeroso. E mui embora fosse um homem vivido e provado nas aventuras, tinham nele um sentimento maior a fome e a sede e as dores que o sertão de cima impunha com sua mui própria perversidade. E sonhava ora com o reino, com a casa dos seus que, dizia, era uma casa bem posta, ora com o remanso de uma boa cama em Recife ou São Salvador. Ora voltava como que em febre aos tempos de remanso nas redes das cunhãs de São Paulo, e numa dessas saudades chegou mesmo a vislumbrar a luz de Maria Grã.

E se desgostava dos cuidados que tinha para comigo por mor de que nada do que tivera tenção de fazer da vida que era minha dera mui certo, era o que dizia. E me reprovava em tudo. Se eu me colocava em quietude, se eu falava qualquer palavra. Se lhe ajudava n'alguma cousa, me corrigia, dizendo que eu errava. Se carcomia no sertão, o meu pai. Era comido por ele, de naco em naco. E em sua cara dava por se ver o grande cansaço que lhe abatia a viração da guerra.

E a faca tida e mantida por mim parecia se assanhar por qualquer refrega.

E o meu sangue ia sabendo a guerra, sabendo mui a guerra.

Anhê!

E eu ia me embrenhando mais no miolo de tudo, até que chegasse o exato dia.

No ermo

Yaguarový deu uma dentada na cabeça do sol. Outras dentadas ele já dera antes, decerto, cousa que sempre assombram as gentes, que mui se lamentam por serem sempre vaticínios de grandes desgraças. Por mor de que quando Yaguarový sente essa fome de comer o sol ou a lua, cousas mui ruins, de grande danação, dão de acontecer. Seja a moléstia ou a guerra, a morte inesperada ou infortúnio que se espalha em todo o mundo.

No aldeamento, lembro de que a velha avó recomendava que as mulheres prenhas se dessem por escondidas assim como os pitangos e cunumíns, a mor da pestilência não lhes tocar, porque o jaguaretê fica lá, nas costas do céu quebrando miudinho o quengo do sol ou da lua enquanto o mal se espaventa em tudo que é lado. E foi de igual modo naquele dia, no sertão do Açu, o ponto preto dando conta de que o sol sangrava, derribado da pedra do céu, e o bichão lá, em cima dele, fincando-lhe os dentes no cachaço já furado e o mundo se escurecendo em todo derredor.

Mas disso não sabíamos no nascer daquela manhã. Para a tarefa da guerra, rumamos cedo, porque esse era o moer dos dias, nuns matando, noutros morrendo, nuns caçando, noutros coçando e entre uma e outra cousa planejando ou saqueando, como fizemos no sítio d'um vaqueiro de quem se dizia ser amigo dos bárbaros. O Chibante inda estava recendendo a salmoura quando me chamou a ter com ele e, nisso, foi me levando pelo mato. Achei que seria para que eu cumprisse o meu ofício de contabilidade. Mas logo saberia que era cousa diversa o que desejava.

Me fui desgarrando e no ermo eu estava e o sol lá, dependurado no alto do seu pino como era de ser. Foi quando soube-me, então, presa do Chibante que, sem demoras, à boca d'uma loca, abaixou os meus calções e os seus e tampando-me a boca disse-me que eu poderia morrer naquele instante se fosse de sua veneta, mas que me tornaria uma borrega sua d'uma ou d'outra forma, em vida ou em morte, que a ele tanto fazia, meu corpo largado junto aos dos bárbaros, se abrindo sem lhe dar maiores trabalhos.

E, nisso, se regozijou em confirmar que eu tinha mesmo amatiá, a minha fresta.

Era um bicho, o Chibante. Cheirava a sangue e carniça, por carniceiro que era.

Já eu pulsava de dor e susto e também de raiva, mas por algum poder que inda detivesse sobre minha vida, como que me afastei de tudo aquilo, como se tudo se passasse com diversa pessoa que não a minha, como se o grunho do Chibante fosse o de tajassupytá a mui léguas dali, daquele sítio. Como se nada daquilo eu estivesse vivendo ou testemunhando. E por esse poder foi que dei por mim que melhor seria mesmo que eu vivesse, pois que a arma que aquele homem usava contra a minha pessoa era feita de carne e a carne ou é para a glória ou para a podridão do cadáver, conforme me ensinara Pay Deré em seus sermões, bem como me ensinava aquela guerra.

Foi quando o sol deu de penumbrar e a mordida do jaguar manchou sua fronte, o sangue pingando, correndo na pedra lisa do céu, aquela ferida. Eu vi tudo primeiro, por mor de que via o céu e o sol, posto que meu corpo estava estendido, meus olhos abertos e julguei que ali era o começo do fim do mundo, o mundo e a minha vista escurecendo, ali a minha morte e tudo se acabando. O Chibante, assombrado, guardou nas calças suas vergonhas e o que restara do seu gozo e saltou d'outro lado, sumindo e me deixando ali, sozinha.

DA TERCEIRA MORDIDA DE YAGUAROVÝ

Na quadrada do Piancó

Atiama! Me socorro do rapé a mor de ter força.

Que a guerra cansa o meu corpo, a minha fala, as lembranças que tenho d'outra vida por fora do seu domínio. Impõe sua caruara, destiorando meu corpo, endurecendo minhas juntas tudo. Vai me pondo em estado de morrer, jucapirama. Inda mais nessa parcela que resta de contar. Impõe outro corpo a minha pessoa, a guerra. De modo assaz irresistível. A mor de que já não sei qual é aquele meu, de origem, ou qual que é o meu corpo da guerra. E eis uma verdade pela qual tenho de dar mostras de fidelidade. Essa de que a guerra me cansou e inda me cansa. Que mo roubou algo do qual não tenho conhecimento. E que me entrecorta o fôlego e sustém, vez por outra, a respiração do meu sonho. Porque a guerra é irmã da morte e se a morte tem muitas caras, quando voeja nessa companhia a sua cara se torna, então, mais feia e inda mais torta.

E é do feitio das duas, da guerra e da morte, não só lanhar

as carnes com suas unhas e dentes, mas cortar o sopro de vida que anima o sonho. E se me retalha, e retalha, que eu possa entre os nacos de um corpo encontrar o outro, aquele feito de sonho, aquele de que quase que dei esquecimento. Que eu possa dar de recuperar a ele, apesar do cansaço, esse outro jeito de morrer. Apesar das cortaduras tudo nessa gleba.

E o rapé me bota de novo na relembrança dos Gaspares. Outro tempo que me fisga com seu mui perfurante pindaguassu.

Caminho dos Gaspares

Na partida, quando deixei o aldeamento, eu, o burrinho e mais Pay Deré, é certo que chorei de medo e me parecia um enorme e desmedido castigo que meu pai e benfeitor me levasse embora consigo. Seria, apois, uma pena que eu cumpriria pela morte de Maria Grã? Teria eu sonhado com aquela doença dela e, por isso, tão duro castigo? Não ter morrido de sua moléstia era cousa pela qual devesse eu pagar? Se me era imposta aquela pena, mesmo que nem mui entendimento não tivesse, por certo é que alguma culpa carregava eu comigo.

Rita Joaquina, tu que és afilhada de santa Rita de Cássia, e dada em proteção a são Joaquim, pai da Virgem Santíssima, pelos poderes a mim investidos, te chamarás de agora por diante, até que assim Deus ordene e eu queira, Joaquim Sertão e em tudo o que puderes serás menino-homem e, por isso, nunca deixes que te vejam em pelo, nem a fazer as tuas necessidades, e resguarda da curiosidade alheia não só o teu torso inteiro, mas de igual modo as tuas partes mais baixas, e de todos os olhos te guarda.

Presta atenção, Joaquim.

Joaquim, ouvistes bem?

É este agora o teu nome. Joaquim.

Hás de esquecer Rita Joaquina ou qualquer apelo por tal nome e de teres sido por esse tempo menina-fêmea. Por chamado que venha de dentro, por chamado que acaso se imponha de fora, pois que esqueças esse nome, essa vida. Por ora. E até outra ordem minha.

Presta atenção, filho do meu pecado, pois disso dependem a tua vida e a minha, a tua honra e a minha honra.

Joaquim! Joaquim!

Joaquim Sertão!

 Essas foram cousas que Pay Deré fora dizendo e repetindo, no dia mesmo que me levara do aldeamento e despois, tão logo demos as costas para a minha antiga vida, de um modo que quando de lá saí, nem mais Rita Joaquina eu era, o meu nome de branca, por batismo cristão que dele mesmo havia recebido e mui por menos o era Auati, o meu nome de gente. Ganhava outro nome e outra vida por desejo de Pay Deré que se tinha então por meu dono e verdadeiro pai.

Eu não tinha, em verdade, grandes entendimentos do que ele quisera dizer com tantas palavras, e por cunumín que era, creio agora que àquela altura pouca diferença me fazia ser tida por Joaquina ou Joaquim ou mesmo por Auati. Soube é que toda e qualquer deslembrança daquela exortação seria paga com a repreensão da carne, o tapa à boca, o beliscado na pele, o puxão às orelhas, os bolos à palmatória, o látego nas costas, conforme a extensão da desobediência ou o fervor do meu pai e benfeitor em castigá-la.

De antes, tinha sabença, de modo mui mal sabido, que aquele homem se tinha por meu pai, pai mesmo de carne, fosse isso o que houvesse de ser. Mas não o era mesmo o Pay Deré de todos, por sua obrigação ou pelas andanças que se impunham em sua presença pelos sertões a pregar o nome de Nos'Senhor? Por seu ir e vir pelos confins, de Iguape a Sant'Anna, de Mogi e outros lugares dos quais eu nunca tivera conhecimento? Não era que a todos os abarés jesuítas chamávamos de igual modo de pai? Sim, o era, mas de mim era ele um pai diferente do que aos demais que de igual modo lhe beijavam a mão e lhe tomavam a bença.

Poderia de ser que minha pessoa conhecesse essa verdade de um modo mal acomodado por mor de que, quando no aldeamento, se achegava com tratos de homem para com Maria Grã, o que não era dado a nenhum daqueles do aldeamento fazer. E por tal motivo era ela mulher dele. E era ele o meu pai. Ou a mor de que ela mesma mo dissera ou por destino meu que eu farejara. Não sei.

Sei também que apesar desse parentesco ele nunca não tivera, até aquele dia em que decidiu mo levar consigo, tratos distintos para com a minha pessoa e que enquanto viva fora Maria Grã, todas as vezes em que ele estivera no aldeamento, acostara--se nela com suas ganas de homem, cousas acoitadas por nossos parentes, com júbilo, e vistas de forma velada pelos outros, a viúva do engenho e seus comandados, mesmo sendo ele um homem do seu Deus, e que por essa causa, sabe-se, não poderia acostar-se em mulher alguma. E que quando ela morreu, morreu também o outro que seria filho dele, meu parente, irmão ou irmã do meu sangue.

E embora guarde escondida uma lembrança um tanto desgastada de Maria Grã se comprazendo pela chegada daquele homem avermelhado de sol, cabelos finos em anéis claros, o hábito em trapos, as sandálias trançadas de gragoatá, a barba fechada e a cruz luzidia, enorme, pendendo no peito, recordo com mais ímpeto que, naquelas visitações, eu me escondia por pejo ou medo dele e de sua voz de acento mui diferente da nossa, voz grave que me punha o corpo a tremer.

De um jeito ou de outro, a cousa era que ele era pai que tinha e detinha o poder de minha vida. Que era pai de sangue e por mor de que comprara o meu peso pelo preço exigido por dona Eleutéria era também dono meu. Pai que podia mudar de mim o que bem quisesse em seu entendimento. A quem eu devia temer e obedecer.

E tudo isso nem sei se é mesmo relembrança de algo vivido que restou da minha vida no aldeamento do engenho dos Gaspares ou se foi algo que me veio em sonho ou que ouvi alguém contando. Pode de ter sido o rapezinho. Não sei. De todo modo, pego essa outra vida que por tal fiapo tenho como minha e a aspiro e nela acredito e junto sua ponta à vida de dona Jerônima, tanto ela quanto eu desfeitas e refeitas pelo sertão.

Mas que espere dona Jerônima de remanso melhor de saúde a mor de que possa aqui contar de sua formosura.

Dê ppe rosa, potetcha, eu lhe dizia, nas vossas mãos de modo igual que a folhinha da rosa. Dê pyguype cajui pêtcha, por baixo dos vossos pés igual que o capim, cousas que dizia eu a ela em nosso enamoramento.

Mas arrodeio. Anhê. Me perco nesse baralhamento. E a mor de que esse trecho é de fundas tristezas deixo o aroma de dona Jerônima para despois.

E retorno.

Se Pay Deré tinha espalhados outros bastardos, nunca o soube e se soube, nunca que não dei por fé. Nos tempos de Maria Grã, ele era um homem inda jovem em suas forças e, embora curtido do sertão, não fazia má figura e por toda a sua vida, quantas bugras houvesse a lhe tentar as carnes, com tantas cairia de bom grado, que era essa a sua natureza, foder e rezar. De todo modo, se outros ilegítimos havia, verdade é que dentre todos, para minha fortuna ou desdita, fosse o que fosse, foi a mim quem deu de escolher para tão desastrosa aventura.

E com aquelas palavras, que aqui já o repeti, palavras que me anunciaram não apenas um novo nome, mas uma nova vida, declarava também que Joaquim se imporia a Joaquina e a Auati, por força e mortificação, sempre que se fizesse preciso, e que sina minha e dele era a partir dali de andarmos juntos, metidos os dois pelas terras d'El-Rei. De primeiro paramos em Piratininga, despois em Sant'Anna como também já dei notícia, despois seguimos levando a palavra de Nos'Senhor Jesus Cristo e o empenho da guerra pelo ignoto, pelejando quando fosse de pelejar, acercando as campanhas da armação de bandeira em que se fizera capelão, as empeleitadas que eram o motor do nosso mundo sem descanso.

Despois, quando já me tomava por gente, contaria, em um tom lamurioso, após uma das barbaridades das quais fui testemunha ou agente, que a sua tenção primeira havia sido de me levar, aproveitando a oportunidade da guerra, para o Recolhimento de Nossa Senhora da Conceição, em Olinda, que acolhia mulheres desobedientes e mofinas, desde que tivessem dote para prover tal estada, mas também escravas, mamelucas e quaisquer outras filhas de situação embaraçante que se pudessem haver por bem da escravidão ou da criadagem. Como eu era filha de abarebebé jesuíta com bugra, filha que deu por extravagância de trazer junto consigo justificando a uns que eu havia sido dado a ele ora como afilhado ora como presente, se dizendo por isso meu pai e protetor, parecia no seu juízo que o Recolhimento seria um bom destino para minha pessoa. E mui embora escondesse a minha filiação, ela parecia estar posta em nossa parecença. E de igual modo pensasse que turvava a minha natureza de fêmea, pensava que adiante a recuperaria. E dizia que faziam falta na colônia mulheres que se dessem por religiosas e era o que ele queria que eu fosse.

Lá, segundo o desenho de suas intenções, eu abandonaria a alcunha e a vida de Joaquim Sertão e tornaria a vestir a pele e as vestes de Rita Joaquina, sem mais, como quem vai na beira do São Francisco ou do Açu ou de rio ou cacimba qualquer e banha-se, veste a camisola e de lá volta, sem mácula. Ali, achei que muito me mentia ou que era um desvairado maior do que normalmente se apresentava. E nunca mo disse qual o motivo de ter desistido de tal plano, se é que o teve mesmo, na vera. Talvez porque não visse vantagem em tirar uma pataca do bolso para as irmãs do Recolhimento, talvez porque visse mais vantagem em ter a mim por criada, sacristã, vassala sua. Fosse o que fosse, o que deu de acontecer foi mesmo é que levou a minha pessoa consigo para a voragem do mundo, na qual é certo me refestelei para o bem e para o mal, tal e qual o seu exemplo.

Pequei por palavras e atos e tal culpa da qual sou devedor concorreu talvez para perderes a tua alma, Joaquim.

Foi o que mo disse, ao me encontrar, em uma ocasião, cortando as orelhas aos tapuios, no sertão, no rodamoinho da guerra.

Deveria mesmo é ter levado vossa mercê ao Recolhimento, sem turbar vossa natureza, ou ainda lhe deixado nos Gaspares à sua própria sorte. Antes humilde e inocente, como o foi Nosso Senhor, antes morrer por algum infortúnio de sezão ou bicha, antes isso, que o flagelo que te tens tornado.

* * *

E aquele foi o seu modo de censurar-me, na ocasião, cousa que de nada não me serviu, posto que, flagelo por flagelo, éramos os dois mui iguais.

E assim foi até o dia de sua morte.

A nação das mulheres

Apois é forçoso que se volte ao rugir da guerra.

E conto essa passagem como quem recolhe algum resto de acha da qual sobrou fagulha que inda queime e magoe, porque o corpo do Chibante se assenhorando do meu me esvaiu em um sangue que eu não sabia que tinha por me descer das pernas. Aquele sangue eu não reconhecia e Pay Deré não pensou que Rita Joaquina se revoltaria tão cedo em uma correnteza violenta, voltando em rio de sangue, nhemondyara que me doía repetido, tanto pelo ataque que sofrera, como pelo susto daquele corpo em tudo meu e em tudo diverso de mim. A regra de ser mulher.
    Crescera ele, aquele meu corpo, esguio e sem as formas mulheris, cousa que concorreu para os planos de Pay Deré em alguma medida a mor de que nem feições de fêmea e nem de macho eu tinha por firmeza. E esse feitio, entre uma e outra cousa, escorregadio, causara estranheza entre a tropa logo no começo por mor das pilhérias que me dirigiam com certa violên-

cia, arreliando a Pay Deré e causando confusão. Com as léguas do sertão se tornando inda mais duras, tais mofas ora se arrefeciam e se davam quase que por esquecidas ora se alevantavam nas risadarias dos homens. Eu fechava a cara nessas ocasiões a mor de que não gostava das galhofas que faziam e inda por mor de que me tinha na conta de outra natureza, nem macho, nem fêmea, mas cousa diversa.

E o que a disposição da tropa dizia era que aquela tenção de Pay Deré de me querer macho bem rematado sempre fora um rascunho dado a fracassar, a mor de quem me olhasse com menos debique, seria dado entrever por baixo da minha natureza atravessada uma certa natureza feminil mais forte, de modo que, penso hoje, era por certo mais tida como mulher-macho, como daquelas que sempre houvera no sertão, qual uma certa Isabel das Onças, uma outra de nome Joaquim Isabel e mesmo uma afamada Deodorina que também andavam pelejando em tropas pelo mundo, ganhando fama de pelejadoras e fanfarronas pelas terras d'El-Rei. Decerto poderia ser que tivesse quem até me visse mais como um efeminado, tibira que fosse, cousa pouco querida da boca p'ra fora das tropas mas tolerada por baixo da capa escura da noite, mas tenho por vista que nenhuma impressão nunca não era mesmo mui duradoura.

E creio que essas eram as mais fortes das minhas parecenças, entre o macho e a fêmea, bem mais tenazes do que a de menino-homem que Pay Deré desejava colar ao entendimento de todos e de minha pessoa como verdade e que pregava em meu corpo como os pregos da cruz pelos quais tanto apreço tinha.

Joaquim o era, mas por débil mentira.

E riam dele, de Pay Deré, quando se riam da minha pessoa.

E agora eu tinha de me haver com aquele novo corpo, emaranhado, empapado de sangue, que servira de carne de caça, repasto para o Chibante, a minha carne tornada carne de pecado, cousa que Pay Deré tanto temia. O que fazer dele, eu não dava conta de saber. Mas são cousas estas, que recupero agora, como quem tenta refazer um pote a partir dos seus cacos e adonde quer que falte taco remenda com a relembrança dele inteiro, matéria de recordação, esse barro que não falta, não resseca e nem se quebra.

Pois deixada no mato pelo Chibante, com aquela nova sabença do meu corpo, minha relembrança deu de pousar, dorida, no mais pequeno dos Matias. Em certeza devia aquela paga a ele, a paga do meu delito, e quando esperava que outro bicho do mato, que não o Chibante, a mim me fizesse de carcaça, foram umas mãos de mulher que me tomaram.

Era Teçá, uma das sete bugras que serviam ao Estrondoso.

Teçá, a muda.

Não que não soubesse falar ou que não pudesse, era o que se dizia, mas que o silêncio tinha sido escolha de sua natureza. Apois foi aquela Teçá quem me levou ao regaço das outras mulheres, as quais me lavaram, deram cuidado de mim e em torno da minha pessoa fizeram uma roda de alguns dias, para que aquele sangue que não parava de descer fosse entregue à terra, e esses dias seriam o mais perto que tive de ikuña tai e imba'e jehu, quando as meninas sangram por primeiro.

E nessa roda que fizeram, por imperfeitos que fossem o rito e a minha condição, não precisaram de me cortar os cabelos, como era por lei, que meus cabelos já eram tosados, mas me resguardaram o quanto puderam dos espíritos maus e das cobras-cegas e de todos os donos do mato que pudessem se ajuntar a mor de me ameaçar, inda mais que já havia conhecido homem, cousa desnatural tal conhecimento sem os ritos das regras, sem a madureza do corpo e o seu tempo próprio.

Inajás, a mais velha dentre todas, temia que enquanto estive no mato, magoada e sangrando, algum espírito de jaguar tivesse entrado no meu corpo, fazendo de mim Kianumaka-manã, uma fera de sombra, dada ao assassínio. Se entrou ou já estava, não dava ali de ter sabença. Se entrou, havia se entocado e só se saberia despois. Se entrou não haveria de sair mais. De todo jeito, guardada por elas, banhada com os matos que recolhiam, certa natureza minha que havia mui que me fora perdida dava por retornar. E eu, pelo empenho daquelas mulheres, que me parecia de certa maneira o empenho da velha Tacuapu, entendia que era bem capaz de ser Joaquina, Auati, e Joaquim também, como dei de ser e inda o sou.

Anhê!

Mas queria aqui dizer que é sabido que variadas nações se enovelavam nas tropas naqueles tempos, como inda se enovelam hoje em dia. Nações desgarradas que sempre encontram nas fileiras território a mor de se espalharem, nações de negros da terra que, ao mor das vezes, eram inimigos e que tomados por escravos tinham mesmo obrigação de conviver e se entrançar, jungidos na mesma corda, carregando nos lombos as tarefas da guerra, e inda as nações dos angolas de toda natureza e feitio, ajuntados também pela mesma obrigação. E inúmeros daqueles das nações dos brancos, de reinóis a castelhanos desgarrados, nações de pobres desvalidos das graças d'El-Rei, mui daqueles que foram retirados dos cárceres a mor de lutar na guerra e se redimir. E inda as nações de toda qualidade de mamelucos, montoeiras deles. E todos, todos, em obediência aos mandos dos principais. Isso é sabido, eu já o disse, bem como outros cronistas.

Mas é forçoso dizer que outras nações havia e dessas pouco se fazia conta, como as nações das mulheres. A bagagem, como era dado de lhes chamar a elas e aos seus filhos quando os tinham e sobreviviam ao bafo da guerra. E eu acreditara até ali que viessem donde viessem, constituíam elas mesmas outro povo, outra gente inda que de menor valia e calibre. Que nunca me tinha tido por uma delas, fossem bugras ou mamelucas ou caborés, por demais de diferente que me achava. E isso durou até que o Chibante me corrompesse, é certo. Mas ao me ver posta entre elas, despois daquele uso costumeiro que os machos sempre tiveram dos seus corpos, por primeiro me subiu uma raiva e despois uma debilidade. Foi cousa que senti também quando estava derruída inda no mato, antes que dessem pelo meu resgate, o sol se recompondo da mordida que sofrera.

Que desgraça aquilo! Não queria ser, não podia ser de tão fraca nação.

Ser nação de caça era o alvitrado.

* * *

 Quando levada para a roda das bugras feito uma nhambu quase morta, o pescoço desfalecido, dores de muitas frechas mordendo o meu corpo, quisera mesmo que fosse aquilo uma morte da qual nunca que pudesse retornar, por vergonha que sentia de minha pessoa naquela situação, de pejo de estar na roda dos mais fracos. De primeiro não tive ódio ao Chibante, por achar que ele fizera o que havia de ser de sua natureza de macho, mas tinha raiva de mim que não medira aquele perigo do qual Pay Deré quisera alertar. Despois dei de ter raiva do próprio Pay Deré e do Chibante por diversos motivos que se desencontravam.

 Fazia mui tempo que se batalhava contra os bárbaros, tanto que quando eu chegara nas paragens do Açu, inda não estava à altura do peito de Pay Deré e daí, colocada na roda das mulheres por força de tão triste sucesso, meu tamanho dizia das tantas luas e sóis que haviam se passado e do tanto de picadas que haviam sido abertas pelas trilhas e trechos do sertão, posto que era já um pouco maior do que meu pai e benfeitor e era mesmo grande em comparação com aquelas bugras. E só assim que me dei conta de que crescera. E se sangrava como sangrei, nem cunumín e nem infante ou infanta já não havia.

 Teçá, Inajás, Iaciara, Remunganha, Jandaia, Iabá e Juçara. Maria dos Anjos, Maria das Graças, Maria dos Santos, Maria Francisca, Maria Antónia, Maria Joana. Brigavam entre si, penteavam os cabelos umas das outras, aplicavam seus cataplasmas por sobre as feridas, beliscavam aquela mais desaforada, esbravejavam, ajudavam uma a parir, outra a deitar fora a semente do Estrondoso, por resguardo que ele não respeitava, enterravam os inocentes que perdiam na correria da guerra.

* * *

E na guerra, elas sabiam, se nascia e se morria. E se nascia de novo para de novo morrer. Cousa que não dava de parar é nunca.

Certo que não dei por conta da força da nação das mulheres senão quando me dei no miolo dela, quando o Chibante me derribou e fez em mim suas misérias e por elas, por aquelas mulheres, é que me salvei. Só então é que fui entendendo e apreciando a força daquela nação. E me tornava uma delas.

E esses causos se deram nos tempos que antecederam a retirada do Açu, quando o governador de Pernambuco mandou ajuntar todas as milícias do sertão a mor de combater os negros de Palmares. O Estrondoso e a tropa submeteram os janduís e seu rei, um tuxaua de nome Canindé, e aquele trecho do Açu já não tinha necessidade da presença de nosso terço. De modo que a serra da Barriga retornara, dando de ser novamente a rota de guerra de nossa tropa. E por mor disso, o Estrondoso pedira a paga de mais de mil léguas quadradas de sesmaria para combater aquela outra guerra. E era essa a promessa de pagamento. Pay Deré dissera em sua missa que os pretos amocambados eram apostema nas carnes das terras d'El-Rei e que, como tal, havia de ser debelado para melhor saúde do restante do corpo.

E sob essas palavras, partimos.

Diziam que aquele reino de Palmares era maior que o reino de sua Altíssima Majestade, no Além-Mar. E que era também mais tenaz. Dou por fé que o era. Fora engordando de angolas fugidos que escaparam na confusão entre as guerras que os velhos holandeses, de novo eles, atiçaram contra os colonos. Nas contas das pelejas, os negros do eito se debandavam para o mato, e de todos os sertões, o de Palmares era o mais bravio, de impenetráveis serras, dificultando que as tropas e terços se enfiassem nele com armas, provisões, pólvora, toda a carga que havia de ser levada a mor da batalha. Sem falar no frio que fazia.

Na distância de sessenta léguas, se acham distintos palmares, a saber, ao noroeste o mocambo do Zambi, dezesseis léguas de Porto Calvo; e ao norte deste, distância de cinco léguas, o de Arotirene; e logo para a parte do leste destes, dois mocambos chamados os das Tabocas; e destes ao noroeste catorze léguas o de Dambrabanga; e ao norte deste oito léguas, a cerca chamada Subupira; e ao norte desta seis léguas a cerca real chamada o Macaco; ao oeste desta cinco léguas o mocambo do Osenga e nove léguas da nossa povoação de Sirinhaém para o noroeste a cerca do Amaro; e vinte e cinco léguas das Alagoas para o noroeste o palmar de Andalaquituxe, irmão de Zambi; e entre todos estes que são os maiores e mais defensáveis, há outros de menor conta e de menos gente. Distam estes mocambos das nossas povoações mais ou menos léguas conforme o lançamento deles, porque como ocupam o vão de quarenta ou cinquenta léguas, uns estão mais remotos, outros mais próximos.

Isso lera Pay Deré em missiva que chegara por parte de Recife. Nas picadas em direção àquele reino, nossa tropa foi primeiro fazendo o que sabia, matando, espalhando seu terror e fazendo razia nos ranchos que víamos pela frente, que arruinados havíamos saído do Açu. Mas inda assim era a rapina de quem pode mais. Despois tudo cessou e veio a fome e a moléstia.

Nesse caminho, não foi outro o meu lugar senão entre as bugras do Estrondoso e foram elas me ensinando o que sabiam, quem eu deveria de ser, me dando de recuperar meu nome Auati e também o nome Rita Joaquina, embora não os dissesse em alta voz, mas os trazendo de volta nos sonhos, no peito.

Teçá me ensinava como devia de riminar uma raiva mansa.

Inajás, a ciência das ervas.

Iaciara, como deviam de ser atadas as cordas da minha natureza.

Jandaia, Iabá e Juçara mo ensinavam os encantados dos sonhos e dos bichos e do mato.

E no que me foi possível aprender, aprendi. De forma imperfeita. Foi uma ciência dura a do aprendizado daquele tempo, porque o sertão se apertava contra a tropa como nunca o fizera antes e os nossos foram morrendo, esperdiçados pelo caminho, de fome e de sede, cousa horrível de se ver. E as mulheres eram as últimas nos cuidados, nas rações, embora tenham sido as que com mais valor sobreviveram. E as que me deram salvamento também naquele trecho.

Pay Deré não quis saber ou fingira não saber do malfazejo que o Chibante me infligira. Para não ter de lidar com o sangue novo que de mim afluía, afiançou que era longa doença que me garantia estar entre as mulheres de modo que eu já não vagueava longe da proteção das bugras e nem o queria. O Chibante, por sua vez, tendo arranjado outro rapaz a lhe servir, deu de me esquecer de um certo modo, o que não impedia que lançasse seu riso mau em minha direção, lambendo os beiços, sempre que podia, e mesmo mo atacando por duas vezes mais, de repetida brutalidade. Despois mo deixou de lado.

O tempo que estive dentre as mulheres foi, então, d'outra ramagem na minha vida. E se Maria Grã fora a minha primeira mãe e Tacuapu fora a segunda, as sete bugras do Estrondoso foram as derradeiras que me valeram. E a tenção da faca que o Chibante me dera, a mor de me fazer terrível em minha cegueira quando arrancava orelhas aos tapuios, em nova luz me alumiou quando juntou-se à tenção da frecha que Remunganha, por guerreira que era, e que o Estrondoso ali, naquele duro trecho, permitia de ela ser, deu de mo ensinar. Não somente em braço firme e corpo envergado a mor de ser arma, mas em fina conversa com cada parte do vigor do arco e sua seta.

O corpo, a urapassama, a curva do urapara.

O pau, a ponta, o conto emplumado da frecha.

Nas cercanias de Palmares

Teve há pouco duas noites que não dei sossego de dormir. Sono que não me assentava no catre. Da primeira, meu corpo mui suado acordou sob o rimbombar d'um barulho que não sei dizer donde veio. D'um salto achei que fosse cousa de conflito, de ataque que se fizesse contra esse sítio e, por obra do susto, achei mesmo de ter ouvido o grito do Estrondoso.

Era nada.

Então teve que ontem, era tarde já, julguei de ouvir novo rimbombar. Não estrepitoso, como o anterior, mas um guarará continuado. Alevantei, tomei do capote e da arma e fui ao terreiro, donde a lua, que havia de estar gibosa no alto, se dera por perdida e no céu em seu lugar estava mesmo uma cabeça de boi, mugindo, e o barulho que me despertara dei por reconhecer. Aquele bicho desconforme tinha uma língua grande e descaída para fora da boca, babando, as barbelas despencadas pelo firmamento, e despois que ele deu lá três mugidos seus, meus joelhos se colocaram num estado de tremura. Dei um tiro p'ra riba, em sua direção, e acorreram, despertados, os agregados tudo que vivem acá e me desarmaram meus filhos, a mor de que eu estava mesmo ardendo na febre que consome a saúde do meu corpo há mui tempo já e que vai e que volta mas nunca que acaba.

Da baba daquele boi vem que a morte de Pay Deré escorre, grossa, peguenta também. Há de ser a mor de que no dia em que ele morreu os palmarinos atacaram a tropa, nas cercanias do arraial que o Estrondoso nos mandara montar perto do Macaco, e deixaram além de nossos mortos, cabeças de boi espalhadas pelas trilhas. Foi mui cedo, inda nem sol não havia direito, que os homens foram atacados quando se puseram ao mato a mor de caçar e colher provisões, os frutos e as raízes de dar de comer à campanha. E eis que os angolas, que estavam tudo de tocaia, se dispuseram sobre eles com grande algazarra e surpresa.

Do rancho era possível de escutar o repetido dos tiros e ver a debandada das aves e o alarido todo de homens e de bichos, os bugios, as araras, toda qualidade de bicho zoadando, que as batalhas feriam também o seu sossego. O Estrondoso e mais seus principais e os homens que não estavam no mato logo se organizaram na ofensiva, defendendo a entrada e os fundos do acampamento e ainda os flancos e foi mui tempo de contenção e peleja nas quais nossa tropa saiu em desvantagem.

Pay Deré vinha sofrendo ataques de gota, causa de dores tamanhas que sentia e o prostravam. Não fazia nem tantos dias que se alevantara daquela sua agonia que lhe deixava os pés mui deformados pelo inchaço e vermelhão, n'uma dor que lhe entortava o corpo por inteiro. Se recuperava mui lento com os cataplasmas e mezinha da quebra-pedra que tomava e por mor disso ficou com as mulheres, defendendo-as, como eu também me dispus a fazer. Mui embora o sertão e a guerra o tivessem corroído, como a todos que estavam com o Estrondoso desde o princípio da armação, inda era forte o meu pai e benfeitor, menos por tal moléstia.

Quando o ataque se deu por acabado e os vivos cataram os mortos a mor de dar a bença e a cova de seu descanso, Pay Deré cumpriu seus ordenamentos como sempre. O fervor daquilo tudo o remoçara, apesar do cajado que agora tinha por apoio, e inda que não tenha dado um só tiro sua cara tinha como que belo vigor. E pispiando ele de longe, encontrei uma beleza invulgar arrodeando sua pessoa, como se seus olhos dessem de ter mais brilho e sua voz se tornasse diversa. Despois das prédicas, veio ter com a minha pessoa.

Deus te abençoe, Joaquim.

Amém, meu pai. Carece d'alguma cousa?

Não preciso de nada, filho meu. Venho dar conta de que mui apreciei sua ajuda na refrega de hoje.

Uma nova proximidade parecia dar por vista naquelas palavras. Havia mui tempo que éramos caruara de asperezas no trato um com o outro e diante dessa suavidade algo que me perturbou. D'um lado, não desgostava da distância que mantínhamos desde a retirada do Açu, por mor de que me dava por mais senhora de minha pessoa sem as suas correções. D'outro lado, me mortificava o desprezo que parecia de me devotar desde que me entregara a ser quem eu era, bebendo cauim com quem me aprazia, esfregando em segredo o meu corpo n'outros corpos de cunhãs, conforme minhas necessidades, medindo o meu tamanho diante do mundo. De todo jeito, sentimento que tinha por meu pai e benfeitor àquela altura não era em nada pacífico.

Mas eis que sumiu Pay Deré das minhas vistas e das vistas de todos. Despois da contenda com os angolas, o Estrondoso queria lhe falar a mor de escrever carta ao governador de Pernambuco e não houve quem desse notícia dele. Era já o lusco-fusco quando me acheguei perto da ribeira e vi temerosa jaguara-canguçu, cabeçuda que só ela, parecendo um tapuio, por sobre uma carcaça. A carcaça era Pay Deré. A bicha era grande e devia de ter surpreendido ele por detrás, sem que ele tivesse tido tenção de reagir. Saquei da garrucha para abatê-la, quando ela se virou e me olhou dentro do olho, a carona dela lá melada de sangue, os bigodes e o peito vermelhos, de igual modo que as suas mãos.

Pois que me olhou e mui rapidamente se jogou na água e não sei se não atirei na ferina por covardia ou por acreditar que não fazia sentido matar a yauaara, se tal gesto não traria de retorno a Pay Deré e seria tão somente gastar munição. Despois, quando dei por mim que uma besta daquelas podia dizimar um arraial inteiro com sua fome é que dei de atirar, mas nisso ela já ia longe. Pay Deré jazia desfigurado, a língua grande e grossa, descaída da boca, o pescoço quebrado, as tripas tudo p'ra fora.

Finara-se na boca d'uma onça Pedro Álvares de Cabral, também frei André da Anunciação, por derradeiro Pay Deré, tido por meu pai e benfeitor.

Na quadrada do Piancó

Pouco despois que Pay Deré morreu, o Estrondoso se acercou de minha pessoa com pedido de adjutório para as cartas e negócios que tinha com os mandatários d'El-Rei, que eu estivesse com ele e seus principais como meu pai e benfeitor estivera um dia. Se me dispunha a tal tarefa, perguntou, antes que novo capelão substituísse o falecido. Minha resposta foi de que sim, o faria, quanto tempo sentisse necessidade e tivesse precisão o comandante. A mor dessa ocupação é que atravessei com a sua tropa os anos em que pelejou com os angolas de Zambi e ainda as refregas que teve no retorno da guerra contra os bárbaros e mesmo quando deu baixa de estar nas milícias do sertão, se retirando para acá, essa estância no Piancó, a meio caminho das Catingueiras.

Por certo que não teve grande demora em ter outro padre a mor de assistir a tropa, um chamado frei Manuel, oratoriano que viera das missões no Ororubá, nas bandas do Moxotó, e que tendo se ajuntado ao nosso terço não logrou sucesso de conquistar lugar na confiança do Estrondoso, como Pay Deré o tivera, e foi dali mesmo que começou a fazer oposição a minha pessoa, porque não era chamado a escrever as missivas que o Estrondoso queria e que mo dava à minha pena, cousa que causou grandes arengas de inveja.

Pay Deré dizia que a empeleitada contra Palmares era qual um olho vazado que derramava seu pus numa cara que se arruinava de morfeia, querendo com isso dizer que era uma guerra que vazava de dentro d'uma maior, a guerra contra os tapuios. Penso que cada qual com seu quinhão de desgraça. Mas não darei de contar acá sobre Palmares ou sobre a Grande Guerra bem mais do que já contei a mor de que sinto que essa vida já não tem a duração que eu precisava de ter na narrativa de todos os lances que lhes foram aventurosos.

O rapezinho ora me atiça ora me arrefece e sinto pena de morrer.

Mas olhe que se morre por moléstia e velhice esse corpo que deu de ser feito por andança e pejo e aventura e desventura e sertão e guerra, de modo por demais diferente dos tantos camarás que me cercaram nessa vida que se deu por minha. E isso me parece cousa auspiciosa, malgrado a desgraça. E inda três ou quatro cousas tenho por desejo de aqui contar e peço ao rapezinho que me dê medicina bastante que me sustente a mor dessa tarefa.

Inda há pouco, há duas noites ou três, a moléstia enganou a minha pessoa. E Alexandre e Miguel, filhos de minha finada mulher que tenho por filhos meus, acharam por bem de me desarmar a garrucha despois de ter, com febre, me dado a atirar contra o céu. Angaipaba! Culpada que sou. O juízo se me amolece junto com o sezão, dou por fé. E vai que atiro num inocente num desvario desses, bem que entendi. Mas inda assim e sabendo dos motivos, me dei de estar com raiva quando me extraviaram a arma por mor de que defunta para quem se possa antecipar reza eu que inda não o sou.

Pai, não deve se agastar com isso, precisa de ter descanso a mor de ganhar sangue novo. Despois toma da arma, quando tiver ficado bom. Dou garantia!

Isso mo disse Alexandre, que há de ficar acá dando conta do rancho a mor de que cuide dessa sesmaria quando for chegada a minha hora. Alexandre me dando garantia com certeza que não possui, dou por vista. Já Miguel logo que parte em tropa, por mor de tomar posse da sesmaria que El-Rei ficou devendo a sua mãe nas terras dos inhanhuns, nas cercanias de Palmares, e que sua mãe, dona Jerônima, havia mui que fizera petição por pagamento que era devido ao Estrondoso e que a Coroa refugava de pagar. Mas isso é história de agora, pouca monta, que acá devo é de dar conta do que passou.

Atiama!

No aldeamento dos acroás

Não fazia nem um mês que Pay Deré tinha sido comido e o Estrondoso e seus maiorais resolveram de fazer grande ofensiva contra o Macaco, atacando a fortaleza palmarina em três frentes. Contava com ajuda dos terços de milicianos arregimentados dos senhores de Alagoas e Porto Calvo, mas diante da ferocidade dos angolas de Zambi saíram debandados, deixando o nosso terço desguarnecido, com os palmarinos nos botando a correr até a entrada do arraial, cousa que grande desgosto causou ao comandante.

Guyba! Tropa daquai de guyba, pioiada pixiliguenta! Tudo a mor de cobardia e molemole!

Dois dias despois me chamou d'um canto e falou que se retiraria do arraial, se eu queria seguir com ele mais as sete bugras e dez de seus homens de confiança p'ras beiras do Pratagy, donde havia uma aldeia de índios mansos cujo tuxaua era um seu amigo. O Chibante não iria, que tinham mais necessidade dele no arraial, que ficaria sob o comando de um principal de nome Navarro, cavalo do cão que tinha descido do Recife a mor de prover a campanha e espalhar seu terror mui próprio.

Por respeito a vossa mercê e à lembrança de Pay Deré, sigo com o comandante, lhe respondi, mas deixando quieto que aquele Navarro era por demais calamitoso e ainda que se o Chibante ficava, eu por mim me arretirava.

Fazia mui tempo que eu não via aldeamento como terra donde se viver, senão como terra a se arrasar, a mor de que me deu um farnesim de que nesse novo trecho, durasse o quanto durasse, haveria que estar mais perto, inda que só na relembrança, de Maria Grã, dos parentes que se perderam na bruma do passado e mesmo de Tacuapu.
E fui, eu e mais Teçá, Inajás, Iaciara, Remunganha, Jandaia, Iabá e Juçara, e mais os três cunumíns que eram filhos do Estrondoso, Alexandre, Miguel e Domingos, e que deram de vingar nas andanças entre a Bahia e o Açu e entre o Açu e o Macaco. Haveria de ser remanso aquela paragem, tinha eu no meu entendimento.

Um ócio diante da guerra.

E assim o foi, como pode de ser, ócio pouco, um suspiro só.

* * *

Como foi nessa aldeia que dei de conhecer Klekleymiho. Ali era lugar donde deu de viver um povo acroá, que se havia retirado das bandas do Gurgueia fugindo da guerra e feito pouso ali, já tinha um tempo, na ribeirinha do Pratagy. Klekleymiho era d'outra nação, dos xucurus que estavam em todo canto, mesmo no Ararobá, d'onde ele viera, mas que caminhava de aldeamento em aldeamento fazendo sua medicina e, soube despois, quando ele me teve em confiança, que fazendo tratativas a mor de que os bugres se pusessem em resistência às promessas dos donos sesmeiros e dos seus padres tudo.

Das vezes era bem recebido. Das vezes, não.

Desgostava dele frei Manuel, que o conhecera havia muito na vila de Cimbres e contra ele levantou acusações às quais o Estrondoso não deu suas ouças. Também é certo que não lhe dava confiança e por vezes sem conta o tangeu com ignorância.

Atimbora, peste! Atimbora!

Ladino, Klekleymiho se fazia de tolo diante dos principais e mesmo de frei Manuel e não se mostrava a quem não punha fé de ter bom entendimento e àqueles acroás, achava gente por demais confiada de receber o Estrondoso com honras de amizade. Isso mo disse por mor de que vira na minha pessoa uma frincha de quem não lhe seria inimigo. Não sei o que deu de ver em mim para nisso acreditar, mas mo tratou com uma vênia que nunca que ninguém por mim tivera, e foi assim que conquanto esteve na aldeia, mo ensinou não somente a ciência que tinha do rapé, mas outras sabenças suas, da razão das chuvas e dos ajuntamentos das estrelas, da política dos maiorais contra os bugres fossem tapuios ou não, e contra os mamelucos, os negros d'Angola e os pobres tudo.

Foi assim que peguei amizade com Klekleymiho e mo foi caro naqueles dias e noites em que se deixou ficar na aldeia dos acroás. Falava com as mulheres e com os cunumíns e lhes ensinava as cousas e entendimentos que aos homens não davam de ver sentido mui embora o respeitassem, por guajupiá que era de ser em seu assentamento, grande pajé. E nessa função passou um bom tempo na aldeia, o bastante para que lhe devotassem respeito e boa camaradagem, e despois que se foi me amofinei com sua partida por mor de que ali já lhe queria como se parente fosse, outro pai, escolhido, da minha amizade.

Uma manhã em que me dava em vadiação com Ayri, cunhã que mui me agradava, caridade de afeto que me tinha, ouvi de longe um guarará de cunumíns que gritavam em grande alegria e me pus de pé a mor de ver o que era, e não era senão Klekleymiho, que retornava em festa, e meu coração se assarapantou de contentamento. Já fazia mui tempo que se tinha ido embora, do mesmo modo que já fazia mui tempo que o Estrondoso e mais a gente de sua confiança estávamos abancados entre os acroás.

O velho chegava d'um modo que nunca o tinha visto, vestido em seu mui vistoso guaraabucu, manto vermelho das penas da guará que trançara com um grande pajé tupinambá de quem fora aliado, cousa que era, eu sabia, pouco usual, que não se usava aquele manto se não se estivesse em afinamento com os encantados e a sua poesia. Seus cabelos corrediços pareciam de voar no vento e no meio do terreiro da aldeia fez sua dança e deu sua voz aos donos do céu. Fazia mui frio. Não deu de dizer em claras palavras da grande desgraça que se abateria, mas sua dança e o seu canto como que voo e trinado eram de aviso, já. Foi embora no outro dia, mui cedo, não sem antes dizer duas cousas em segredo: que eu desse conta de juntar as cordas do meu juízo, atando direito as pontas que tinha de atar, e de que soubesse bem quem eram os meus inimigos.

Bença, pai, posso acompanhar a sua pessoa?, eu lhe perguntei na despedida, posto que não queria me extraviar de sua companhia novamente, e mui embora minha vida fosse a vida da tropa, nada me prendia a ela na vera.

Klekleymiho nada não respondeu, ajuntou as duas mãos sobre meus ombros, sobre meus olhos e despois sobre a minha cabeça e sumiu no mato, o guaraabucu se misturando com o verde como se fora mesmo um bando de guará alevantando voo.

Cui, cui, cui, o mundo piava.

E nunca mais que o vi.

Escrita d'uma carta a El-Rey

Senhor, na certeza de que Vossa Majestade não ignora um contrato que comigo da parte Vossa fez João da Cunha de Souto Maior, que foi governador deste Pernambuco no ano de 1687, não me farei tedioso com larga narração das circunstâncias dele e só prostrado aos pés de Vossa Majestade direi que sendo assim que as condições que nele se exararam ainda que a maior parte delas não muito avantajosas sejam para mim e minha gente, digo que me fizeram largar a mim e a elas o sítio em que vivíamos, a poder de uma porfiada e diuturna guerra contra o gentio brabo e comedor de carne humana. Tal lugar que para mais de dezesseis anos nós tínhamos conquistado, povoado, lavrado e plantado, com nossas criações e tudo o mais, o deixamos a mor de virmos servir a Vossa Majestade na guerra para que o dito governador nos chamou:

Assim começou a missiva que me fora dada a escrever de forma direta a El-Rei em nome mesmo do Estrondoso, pelas palavras que ele queria, mas não somente ele senão também os seus principais, que o arraial estava em ruína e a tudo se carecia e com mais firmeza que se cumprisse o contrato feito com o Estrondoso e nosso terço. Daí que resultou em papel de variáveis vozes que mui mo custou a escrever pelos debates todos em torno do que havia de ser dito e como. Uma promissória mui viva dando de ser cobrada a El-Rei na lonjura do seu pacífico e bem assentado e mui provável que quente, sem as intempéries do frio, seu sereníssimo castelo.

> *que se bem estamos obrigados, em razão de leais vassalos sermos, a não faltar ao serviço de nosso Rei e Senhor, isso não nos priva de solicitarmos aquelas conveniências que são justas e inescusáveis e na consideração de que se nos haviam de observar religiosamente aquelas, que nas ditas condições de contrato se nos prometeram, nenhuma renitência fiz em largar tudo e me pôr ao caminho de seiscentas léguas desta costa de Pernambuco pelo mais áspero caminho, agreste e mais faminto sertão do mundo. E antes mesmo que eu e mais a minha tropa acá neste Pernambuco chegasse, me mandou o governador-geral, que então era Mathias da Cunha, a mor de torcer o caminho a bem de acudir a capitania do Rio Grande que a infestava, no Açu e em Piranhas, o tapuia levantado da nação dos janduís, ao que obedeci logo e bem graças a Deus, nessa guerra.*

A levaria, essa missiva, a El-Rei pelo caminho de Além--Mar um homem da confiança do Estrondoso, um certo Bento Sorrel ao qual o comandante conhecera durante o tempo das pelejas ao lado da Casa de Ávila. Esse Bento, feito seu bastante procurador, estava arranchado em Olinda e ali esperava condução a mor de atravessar o Mar Oceano. Este mesmo inda haveria de prestar outros serviços ao Estrondoso e um deles que a mim mui me serviria.

O que a Vossa Majestade não se devia ocultar é que em tal caminho perdi muitos servos meus de guerra que, daquela qualidade, melhores não havia de ter. Despois de eu a ter posto em bons termos e destruído mui o gentio e cativado a uma aldeia dos rebelados que debaixo de enganos faziam muitos insultos, mandaram os governadores de Pernambuco, a requerimento dos Padres da Companhia, que eu os tornasse a pôr em sua liberdade e assim o fiz (e eles são hoje os que tornam a renovar essa rebelião e guerra) e vos digo que nenhum lucro me ficou dessa guerra para me refazer de alguns trezentos servos que nessa ou por sua causa perdi: Para o que render compreensível a Vossa Majestade, peço licença a mor de uma breve digressão.

Nossa milícia, Senhor, é diferente da regular que se observa em todo o mundo.

Primeiramente, nossas tropas, com que íamos à conquista do gentio brabo desse vastíssimo sertão, não é de gente matriculada nos livros de Vossa Majestade, nem obrigada por soldo, nem por pão de munição. São umas agregações que fazemos alguns de nós, entrando cada um com os servos de armas que tem e juntos vamos ao sertão deste continente não a mor de cativar (como alguns hipocondríacos pretendem fazer crer a

Vossa Majestade) senão adquirir o tapuia gentio brabo e comedor de carne humana para os reduzir ao conhecimento da urbana humanidade, da humana sociedade à associação do racional trato, para por esse meio chegarem a ter aquela luz de Deus e dos mistérios da fé católica que lhes basta para sua salvação (porque em vão trabalha quem os quer fazer anjos antes de os fazer homens) e desses assim adquiridos e reduzidos é que engrossamos nossas tropas, e com eles guerreamos contra outros obstinados e renitentes também destinados a se reduzirem:

e se ao despois nos servimos deles para as nossas lavouras, nenhuma injustiça lhes fazemos, apois tanto é para os sustentarmos a eles e a seus filhos como a nós e aos nossos: e isto está bem longe de os cativar. Antes se lhes faz um irremunerável serviço em os ensinar a saberem lavrar, plantar, colher e trabalhar para seu sustento, cousa que antes que os brancos lho ensinem, eles não sabem fazer:

está isto entendido, Senhor?

Por bem, então, não se registrariam nem os abusos nem os assassínios, nem não toda sorte de misérias que se fez aos tapuios do Norte e suas mulheres e seus filhos e seus velhos e velhas, sem contar aos seus guerreiros, que disso El-Rei não tinha precisão de saber e nem decerto haveria de querer a mor de turbar sua real tranquilidade. E aqui, nesse trecho, dei por copiar de um sermão de Pay Deré que, para socorro dessa missiva, abri da arca que havia sido sua e que lhe guardava variados papéis e registros, uns destiorados e outros, não.

Apois que desta gente estava formado o meu terço, a saber de oitocentos e tantos índios e de cento e cinquenta brancos quando ao chamado de Vossa Majestade e de seu governador João da Cunha de Souto Maior eu desci do Piauí donde estava aposentado como já atrás tenho dito e me fui a mor de fazer gente em Piratininga e despois nos mesmos sertões: daqueles tenho perdido ao redor de quatrocentos e destes não há hoje nem bem sessenta que tudo têm destruído a guerra, a fome e as doenças. Sem os tais índios, Senhor, das castas dos oroazes e cupinharões, como são os meus, nem não se pode fazer guerra desta qualidade, porque se é bem verdade que são medrosos contra os brancos, ao serem guiados e cabeados por eles se tornam tão valentes, afoutos e constantes nas batalhas que nenhuma outra nação no mundo se os iguala e não os excede. Duzentos tapuias sós fugirão dos brancos, mas sendo dos brancos acompanhados investirão resolutamente contra dois mil outros e os derrotarão como já me tem sucedido algumas vezes.

Daqui, me servindo mesmo da pena de ganso que fora sua a mor de escrevinhar tais palavras, dei conta de ter ouvido mesmo a voz de Pay Deré, porque o lia e era como se nas minhas ouças sua voz por demais rebatesse feito o barulho que a onda faz,

yapuyapuyapu.

* * *

Por mor de umidade e outros acidentes não mo foi possível dar concordância nos números tudo, cousa que grande barulho causava no círculo dos maiorais, que relembrança certa nenhum deles nem não se ajustava de ter ao que de verdade se havia conquistado ou perdido. E ficou por justo que os números que servissem ao que de melhor proveito pudesse dar El-Rei a nossa tropa e assim seriam postos na missiva. E que todos os reis do mundo se compadecem quando se chora a ruína em nome deles.

Mas de igual modo não colocamos nem demos registro de quantas orelhas de tapuios foram arrancadas despois de cada batalha.

Dos brancos que comigo desceram, poucos morreram, porém a maior parte deles, vendo o pouco que lhes rendia esta guerra e que nem para se sustentarem lhes dava, se espalharam a mor de buscar o seu melhor e em seu lugar me deixaram a esperança de que se algum dia lhes fizesse melhor passagem me tornarão a buscar para continuar o serviço de Vossa Majestade nestas guerras em amparo e defesa dos povos destas capitanias. Excogitei com os oficiais que me restam a proposição de algumas condições necessárias de Vossa Majestade nos dar (e eu assim o peço humildemente a Vossa Majestade) para efeito de podermos subsistir neste seu real serviço, aliás nos será impossível podermos continuar e eu me verei obrigado a imitar o Mestre de Campo Mathias Cardoso de Almeida e largar a campanha como ele fez, mas com aquela diferença que ele largou antes de se perder e arruinar e eu a largarei despois de perdido, e arruinado. Porém farei o possível, tudo que em mim estiver pronto, para sustentar esta campanha dos Palmares até me vir a última resolução de Vossa Majestade acerca das condições da dita proposta que vos apresentará o superintendente das minas Bento Sorrel Camiglio, ao qual por o achar o mais zeloso de trazer esta guerra a um bom fim fiz meu procurador universal e lhe pedi que se quisesse passar a presença de Vossa Majestade a lhe propor este negócio e como fio que ele o fará como desejo, também não duvido que como desejo sairá o despacho do que a Vossa Majestade peço e comigo não só a gente de meu terço, mas também todos estes povos e o melhor encaminhamento do real serviço de Vossa Majestade, cuja Real Pessoa defenda a onipotência incólume e com aqueles sucessos e triunfos que seus leais vassalos têm obrigação desejar e festejar.

*Outeiro da Barriga, Campanha
dos Palmares aos 15 de julho de 1694*

E despois de mais de uma semana de contenda no debate entre o Estrondoso e os seus principais que queriam sua paga que El-Rei mui lhes devia, com a missiva já feita e refeita, mui lida e relida, limpa de toda palavra da língua geral de que Vossa Majestade não daria de ter bom entendimento, dei de assinar com o nome todo do Estrondoso que por sua vez selou-a com seu selo e sua cera.

Pudera que aqui esteja desconforme de como deveras foi escrita e foi enviada. A relembrança ora que se acende ora que se apaga. Mas em registro por imperfeito que seja, tais cousas foram ditas a El-Rei.

A data e o lugar, afianço que são as mesmas por espelho.

No aldeamento dos acroás

Tinha para quase que um ano que o Estrondoso mudara a mor de viver naquela aldeia do Pratagy, e a guerra contra os palmarinos continuava seu fermentado. Pedira reforços naquela missiva e n'outras que eu dava de escrever para os mandatários d'El-Rei e fora verdade que eu também lhe acompanhara, junto com os seus maiorais em duas ocasiões, a falar com os donos de Porto Calvo e de Recife, servindo agora eu de língua, como antes servira meu pai e benfeitor. Não fazia mui tempo que Klekleymiho arribara em seu voo de guará.

Para a nova ofensiva contra o Macaco, mais de oito mil homens em armas foram sendo enviados a mor de suprir o arraial, chegando um tanto de Olinda e Recife, outro tanto de Porto Calvo mesmo e de todas as Alagoas, seu tanto de Penedo e São Miguel, e mesmo da Bahia e do Rio Grande chegaram. E inda os trezentos que vieram perfilados e tangidos por Antônio e Bernardo Vieira de Melo, dois senhores comandantes de diminuta tropa, mas que inda assim reforçaram nossa entrada.

O Estrondoso preparou, então, uma festa a mor de se despedir dos acroás, cousa de duas semanas antes da nova ofensiva que travaria contra os palmarinos. Mandou de levantar grandes fogueiras no terreiro e provisão de bebida e comida. No tempo que passara em amizade com aqueles bugres, de tudo tentara convencer seu tuxaua de entrar na guerra contra Zambi, no que não tivera bom entendimento, mas era hora de agradecer a hospitalidade com que lhe receberam e mantiveram em suas redes e palhoças. Mas antes mesmo da festa, mandou que eu e mais as sete bugras e seus meninos voltássemos ao arraial.

Nhemossainaa areté!, ele dissera. Havia que se preparar tudo a mor da festa.

Quem desconfiou da tenção do Estrondoso foi Remunganha e a cada dia em que a festa ficava mais perto de acontecer, mais agitada ficava ela, eu pispiava, mas não dava fé de entender a causa daquilo, por abespinhada que ela se tornara. O Estrondoso, por sua vez, e disso bem trago recordação, tinha um corisco malino no olhar, que eu dava fé de ser por mor da nova incursão contra os negros palmarinos, por causa de que eu bem conhecia aquele seu temperamento. O farnesim que lhe dava o combate. Eu só dei de entender tudo quando, já na festa, no meio das danças, o Estrondoso deu seu grito de guerra e os homens se jogaram contra os acroás, que estavam tudo desarmados.

Grande foi aquele massacre. Grande e mui triste.

Mais de quinhentos guerreiros mortos no fio das espadas e facões. Feito a velha história que Atanásio Pezão um dia contara. Feito os dois mil que caíram na serra do Acauã, no Rio Grande.

E, daqueles mortos, tantos de que eu tivera conhecimento e com quem dividira a cabaça de aguardente e o de comer.

Pais e filhos e irmãos que nos tinham dado boa guarida.

Eu de minha parte estava n'uma zonzeira que não sabia se era a mor de que já havia bebido o meu tanto ou por não ter entendimento pronto de que o que o Estrondoso mo ordenara mais cedo não era o usual, de estar de prontidão com as minhas armas como sempre, a mor de que os palmarinos, por senhores e traiçoeiros, podiam de estar acoitados no mato. Mas, do contrário, sua ordem era para que estivesse em armas contra os bugres que nos tinham sido irmãos até ali. E não dava entendimento daquilo tudo, de traição daquela monta, e mui embora tal cousa não me assarapantasse, também não me caía de forma que fosse pacífica.
Então foi que, no meio do massacre, Remunganha, que devia de estar no arraial, surgiu qual que bicho que pulasse de dentro do mato, suas frechas já zunindo tudo e derribando uns homens.

Um jaguar, Remunganha.

Ou era de ser um relâmpago relampiano.

* * *

Ou era ela mesma uma frecha.

Uma frecha cega mas que sabia donde que tinha de chegar.

Uma frecha douda.

Porque a bugra não atirava contra os acroás. Atirava ela contra a nossa tropa mesmo e não foi que uma quase que furou o Estrondoso, passando por riba do seu ombro, rugindo perto dele a sua morte? E eis que era ela contra a multidão e não foi outro senão o Chibante quem a derribou e em desarmada por ele, foi lá o Estrondoso e ele mesmo a descabeçou. E tudo se deu mui ligeiro, tão ligeiro que não divisei se via o que estava vendo, se aquilo era vida vivida na vera ou vida sonhada.

Despois daquela carnificina toda, o Estrondoso e mais os homens se deram ao festejo, que a comida e a bebida era mesmo a mor de alimentar a tropa. E nas brasas do dia que nascia, mandou que os corpos dos acroás e mais o de Remunganha alimentassem as fogueiras tudo de novo e de lá subiu grande fedentina de carne moqueada, sua fumaça dando de cobrir o mundo inteiro, nos acompanhando donde que nós fôssemos, se é que não dou de sentir inda agora mesmo a sua nhaca. O Estrondoso nem não perdoara as negativas dos acroás em seu pedido de se ajuntarem à nossa tropa. E por causa disso matou seus homens, seus velhos, seus cunumíns e apresou suas mulheres.

A guerra dentro da Grande Guerra

E não pararia.

Aqui tem precisão de que se diga que, antes daquela noite, ódio eu nem não dava de sentir por pessoa diferente do Chibante. Raiva que sentia era por mor de ser da lide das refregas, sentimento que dava de se espalhar por causa verdadeira da guerra mas que despois se esfriava, que a guerra era obrigação, ódio tido por contrato.

Ódio, ódio mesmo, nem não manducava.

Retornamos ao arraial com o sol já se colocando por riba da apipema da serra. E eu vinha mastigando tudo contra o Estrondoso pelo que fizera aos acroás e pelo destino que aquela sua ruindade deu por dar à Remunganha. Era um sentimento de feitio surdo, como foi surdo o eco que fez uma mula que se extraviou num despenhadeiro da Bahia uma vez, inda quando vínhamos atravessando de primeiro o País dos Bárbaros.

A mula ia no seu tropel, tropel arrastado e pesado, que carregava um baú mui grande por sobre as costas. Dentro do baú, uns troços, devera de ser a farinha ou a pólvora ou as trempes, que acá não lembro do que se tratava aquele provimento, por cunumín que inda o era. Daí que o casco dela resvalou, por mor de que havia chovido e a monga do barro era escorreguenta e lá caiu ela no sumidouro, sem um rinchado por ai. Bem despois foi que se ouviu o baque, um barulho desconforme dos outros, naturais.

Eu tinha comigo que a mula não tinha rinchado por não saber a diferença de andar em tropel ou de cair em buraco sem fundo. Se caso soubesse, havia de ter gritado do susto da queda ou do medo da morte, como gritaram os homens em derredor. Hoje dou por vista que não rinchou justo por saber. Que por se sentir livre do seu peso sobre o chão, naquele voo desnatural, inda sentia o peso do baú atado ao lombo e que, por mor dessa sabença, aguardava mesmo era o chão, o fim daquela queda sem fim. Tenho cá para mim e isso é cousa que há mui tenho pensado, que o tempo da queda fora distinto para o bicho que se despencara daquele tempo de quem ficara olhando sua queda. Dois tempos dentro d'um só. E esse tempo é o tempo do ódio e o baque surdo da queda é justo quando tudo se resolve. Daí vai que são três tempos e não mais dois e nem somente um.

Ou tudo bestagem minha.

Cousa que tenho é que dar conta inda do que se passou quando nossa tropa chegou no arraial, vinda do festim que o Estrondoso e seus principais lograram aos infelizes acroás. No caminho todo eu vinha caindo, em silêncio, no meu voo de ódio, tanto que mal sentia os pés que eram meus pisarem ao chão. Mas o Estrondoso vinha atiçado, em eta, resmuinhando outro ódio, pela bugra que o traíra. E já chegando, vendo que Teçá, Inajás, Iaciara, Jandaia, Iabá e Juçara estavam todas ao terreiro, doridas por esperarem não só a tropa como Remunganha, entendeu que tinham parte na mesma traição e em cercando a todas, não poupou a nenhuma, nem a Jandaia que inda tinha no peito seu filho que mal dera de nascer, não tinha inda nem um mês.

Por saber da amizade que lhes tinha, o Estrondoso deu ordem de que me segurassem a mor de que não implorasse ou as defendesse e não foi outro senão o Chibante a me agarrar com gana pelos cabelos, que àquela altura já eram grandes. Me alembrei da vez primeira e das outras que mo submeteu no mato e tudo em minha pessoa era corpo que sentia.

E eu que já tinha dado por fé, na noite que passara, do aviso de Klekleymiho, sabia mais que nunca quais eram os nomes dos meus inimigos.

Na quadrada do Piancó

Atiama!

Novas dores me causaram estar de novo, em repetido, no palco dessas desgraças todas e o rapezinho me assoprou inda mesmo agora o canto do tapiti a mor de eu me esconder da moléstia e da morte, a mor de eu inda ter esperteza nesse escrevinhado. Foi esse mesmo canto que ele me assoprou diante da perda que tive das minhas mães, as sete bugras. Canto que mo deu o rapé e Klekleymiho, aquele índio poeta e sabedor que tomei por outro pai. Inda agora divisei de vê-lo sentado do meu lado e de sentir sua mão por sobre os meus ombros, pondo por cima de mim a manta que me serve de coberta. Olhei para detrás e ele já não estava. Mo preparara desde sempre para que eu fosse quem eu tinha de ser, aquele velho. E por certo o canto do tapiti havia que me servir de adjutório no que eu carecia ontem como do que tenho precisão agora mesmo.

E mo ensinou Klekleymiho

que o jaguar fizera um fogo a mor de moquear sua caça e, por dono da mata que era, botara o tapiti por guarda daquela chama. Mas, num cochilo que deu, a onça sonhara que um envultado roubara o fogo que era seu e por isso foi que chamou mais dois principais, o cururu e a cigarra. O cururu a mor de ajudar na vigia com o tapiti e a cigarra com a tarefa de lhe dar sinal, com seu alto assobio, causo o roubo se sucedesse. O que a yauaara não sabia era que o tapiti cobiçava o fogo que era seu e que ele, se aproveitando de que o cururu dormira e a cigarra se distraíra, roubou o fogo como era do seu desejo. Quando o cururu acordou e deu por fé, gritou pela cigarra, mas daí do tapiti só tinha sobrado o rastro, que o jaguar deu de perseguir. Foi quando o sol por ser amigo do tapiti embrulhou seus pés com uma veste de algodão a mor de esconder as pegadas e baralhar a onça. E é por mor disso que o tapiti canta seu canto que diz

Encobri minhas pegadas tudo ao lado do trilheiro do meu inimigo a mor de ele não ver. E ele não viu. Encobri, encobri minhas pegadas tudo.

Quando retornei da dor que me amofinou por aquela perda, tinha com a minha pessoa que havia de vingar aquilo tudo. Mas que se fosse descuidosa e enraivecida teria o fim comum a qualquer inimigo da tropa, descabeçada, as orelhas cortadas, o corpo queimado na grande fogueira, o Chibante se servindo de mim. Assim, minha pessoa, feito a mula no despenhadeiro, sabia que caía e em silêncio esperava o atroado e o baque depois da pancada, o que dá de acontecer despois do trovão. Anhê, por liberdade ou vingança tinha fé que aquela queda era o que devia de ser, o motivo pelo qual tinha andado aquele sertão todo pelejando e pelejando.

No ermo

E que foi, foi.

A ordem do Estrondoso era de pegar os angolas do Macaco tudinho vivo ou o mais que se pudesse, pois que cada qual valia muitos mil-réis e os senhores dos engenhos bem estavam dispostos a pagar o peso que valiam. A guerra geral que se seguiu contra o forte de Zambi se deu em três grandes lances com grande artilharia, pesados canhões, investidas corpo a corpo contra as vigias e mais os lances de baluartes com água em fervura e as brasas contra o pau a pique. Mas com o contrato de que grande prisionamento se dava por fazer valer. E se teve inúmeros mortos e prisioneiros foi por mor de que o reino de Palmares era um mundo todo.

Foi, pois, uma guerra que teve grande duração, tal qual a guerra do Açu, mesmo que a legião de homens ao favor d'El-Rei fosse todo aquele que eu relatei.

* * *

Por mor de que renhido era o povo de Zambi.

E bravio. Sim, dou por vista que o era.

Mas o que tenho de contar desse trecho é menos dele e da pouca sorte que se abateu sobre os palmarinos e suas cidadelas e mais da outra mordida que o Yaguarový achou por bem de dar mesmo na noite em que Zambi foi morto e descabeçado junto com sua guarda de guerreiros pelo batalhão do capitão Furtado de Mendonça e sua lâmina. A tropa festejava por cima do morto, a cabeça do rei de Palmares posta num bisaco e que o Estrondoso guardou consigo, que ele mesmo que a ressalgaria a mor de levar junto ao capitão ao bastante governador de Pernambuco como prova de seu trabalho bem-feito.

Eu serpejava o mato, desvisível, envultada.

Quando a lua deu de penumbrar, o meu coração deu um salto, que era de medo, por mor de que sabia do seu aviso de ruína, mas que também tinha sua parcela de alvoroço, causo que se na mordida de antes eu caíra feito caça, mo pareceu um aviso de que sob aquele sinal havia eu que ser mui tenaz caçadora, mui esperta a mor de que o malefício da lua recaísse não sobre a minha pessoa mas sobre a cabeça do meu inimigo. Que naquele ermo eu estava mesmo para a glória ou para a desgraça.

E nisso fiquei até notar que o Chibante tinha se afastado do bramido, decerto que para mijar. Jucapirama que agora ele era, me acheguei dele, macia, calada, meus olhos da cor dos olhos de Yaguarový, no que o Chibante deu um pulo de pressentimento. E eu farejava o seu sangue.

Vossa mercê não carece de assustar, que a arma que lhe trago é conhecida.

E nisso pus minha mão em sua vergonha. Ele, reconhecendo a minha voz, e olhando na penumbra a minha cara, deu sua risada natural e me puxou mais dentro do ermo.

Sempre que tive o que mercê carece, ele mo respondeu.

Pensava o Chibante que havia eu de lhe dar gozo como outrora ele mo tomara, sem nenhum pejo ou permissão. Falou suas indecências, riu-se de minha pessoa. Eu segurava firme as suas partes.

Que sei que há muito que mercê viça pelo vigor do meu malho e eis como tenho que dá-lo, mui duro.

E dali já mo pegou ao pescoço com brutalidade, mas quando com a outra mão arriou as calças, a lapiana, aquela faca que havia muito tinha me dado, fez sua festa, arrancando-lhe as partes pela raiz num corte afiado e ligeiro. O grito lhe morreu inda na garganta, onde a mesma lambedeira se cravou, de trevés. Despois, soltei a faca e um jato do seu sangue se me esguichou na cara, na boca, e dali o fui abrindo de alto a baixo e por fim lanhei toda a sua cara com a ponta da mesma lâmina. E me sentia tomada de uma alegria ruinosa, Kianumaka-manã que sempre fora.

    Sustei minha mão antes de arrancar suas orelhas a mor de que tal ato bem que poderia de acusar a minha própria pessoa e isso nem não queria. Então por jaguar ou caititu ou tapiti ou bicho corredor que fosse, corri pelo escuro do mato e na beira do rio, cururu que me tornasse, me despi das vestes empapadas do sangue ruim do Chibante e nelas tasquei fogo.

    Ao adentrar nas águas do Sirinhaém, todo o sangue que restara foi se indo na correnteza. E a lua deu de brilhar sem se estar amuada pelas sombras, livre da mordida. Despois corri em pelo, na madrugada sem vento, até o derredor do arraial, donde escondera minha outra vestimenta. E entrei na palhoça donde estavam os meninos das sete bugras e com eles ao regaço eu bem dormi, sem culpa de nada do que acontecera.

Na quadrada do Piancó

Mui cousas aventurosas deram de acontecer despois da morte do Chibante e da zoada que se seguiu a isso, por desconfiança que se tinha de que ele fora morto por mor de traição de alguém da tropa mesmo. Mas em empeleitadas como as nossas, inimizades papocam de todo lado e mui embora os maiorais quisessem justiçamento, o certo é que ficou por isso mesmo e ninguém que desconfiou de minha pessoa, por mor de cuidados que aprendi de não deixar rasto. Despois que mataram Zambi, a mor de que os angolas, como os tapuios, eram donos do mato e dos abismos o causo é que por mui longo tempo deram de resistir e grandes batalhas inda se deram. Mas foi só despois da festa da cabeça do rei de Palmares, que posta no mastro pelo governador de Pernambuco foi motivo de folguedo e discurso e gente acorrendo a mor de ver aquela nova, um guarará qual fosse feira, é que fui mandada para acá, ao Piancó.

Vim ao Piancó a mor de trazer os meninos, esses mesmos que tenho por filhos, Alexandre e Miguel, que Domingos morreu sem ter nem vingado, poucos dias despois da desdita de sua mãe. Esse rancho haveria de ser o outeiro da velhice do Estrondoso e por ter sua confiança na minha pessoa, o comandante mo enviou acá. E vim sem me arreliar, por ter aprendido o vazio da espera, por mor de que queria os meninos crescendo o que pudessem longe daquelas feras e inda por ter pensado que a mim me seria de bom alvitre me estar assentada despois de tanto sucesso de guerra na vida. Achava que tinha envelhecido embora nova inda eu fosse.

Tinha por acerto o comandante de que tornaria a esse rancho do Piancó quando desse de resolver as pugnas em torno do que lhe prometeram El-Rei e seus bastantes governadores nos anos tudo da guerra, por mor de que queria dar baixa e se casar com mulher branca pensando de ter descendência legítima que lhe valesse. Quisera eu que morresse antes que se desse por essas bandas, mas soube mui despois de notícia do seu casamento quando veio missiva dando conta de que em breve havia de vir ele e mais a sua mulher e toda a sua comitiva, que a demora era só de ela chegar do reino. Entre tal recado e a chegança, foram p'ra mais de quatro meses. Mandara aquela noiva em navio pelo Mar Oceano, casada por procuração, seu representante, aquele Bento Sorrel do qual já dei notícia.

Quando dona Jerônima chegou naquele cortejo, pispiei por primeiro o seu olhar azulego, oby de azulego, entre céu e mar, e que dava mostras de grande cansaço e assombro. Bonita, apois sim. Pássara como aquela eu que nunca não tinha visto. Nem em São Salvador da Bahia. Não era nova, tinha já seus vinte e dois anos, mas de sua formosura, deixai que eu diga, que era delgada de corpo e seus cabelos pretos como a guyraúna é preta, riscando o céu em seu voo, eram presos num alto cocó. Meu peito se aquebrantou àquela sua presença por mor de que achei que o sertão se dava por demais áspero diante sua pessoa e de igual modo o Estrondoso e tudo que no nosso mundo havia. Nada que tinha existência chegava aos seus pés.

Não sabia eu que dona Jerônima no que tinha de parecença delicada, tinha também de presença rija no mundo. Não era mulher mofina. Conhecera a dureza da vida com um pai por demais espinhento, quando lhe morrera a mãe e se tornara única mulher em casa cheia de homens, de modo que era prática e mui dona. Por logo entendeu minha natureza escorreguenta entre homem e mulher e não a estranhou e por mor de sua fineza no trato, fomos firmando amizade. Ademais queria se ter por mãe de Alexandre e de Miguel e a mor disso eu lhe quis um grande bem.

Dona Jerônima trouxera consigo uma imagem de santa, uma menina que segurava um ramo de um lado e do outro lado, na outra mão dela, uma vasilha com uma cabeça que lhe parecia mesmo a sua. A menina deu de morar na sua casinha, cercada de suas velas e de fitilhos galantes que a senhora também trouxera do reino. Grande assombro me causava aquela menina e um dia lhe perguntei se El-Rei que a mandara degolar como mandara degolar os tapuios do mundo todo.

Chama-se santa Quitéria a esta santa, Joaquim. Mas não foi El-Rei dom Pedro II que a matou, que essa história é dos tempos dos pagãos e nosso rei é um bom cristão. Mas não estás errado de todo, porque foi mesmo o seu pai e inda a sua mãe, que eram importantes soberanos, que a mandaram degolar por ela não querer se casar com o homem rude que tinham escolhido para marido. Ela e suas irmãs, que eram em nove raparigas, foram todas martirizadas.

A dona pedira ao seu marido, o Estrondoso, que fizesse erguer uma ermida para culto mais justo da menina santa e a essa capela ajudei a levantar, tupãoca que fosse a mais bonita em intenção de agradar dona Jerônima. E nisso dei de perceber que minha natureza em outra se tornava, a mor de que pesar todas as desgraças que vi e cometi, meu peito se estremecia de ver uma beleza desconhecida no sertão.

Vê, Rita Joaquina, como se levanta bela essa lua, e como se põem em tintas variadas as cores desse céu. Não é mesmo essa lua, entre amarela e branca, desmedida flor do jamacaru?

Foi nessas palavras que disse, em certa tarde, em mui suavidade esse meu nome de fêmea, e por dizê-lo foi que soube que a amava. E a amando, dei de perceber que o sertão de outro feitio se transformava, se enchia de flores e beleza diante de minhas vistas. E lhe trazia gamelas cheias ora da flor do jamacaru ora dos cachos da flor da barriguda ou da flor da catingueira, que davam por parecer borboletas de asas mui abertas. E lhe trazia jitiranas e moleques-duros a mor de que enfeitasse a casa, o altar da menina santa, sua vida mesmo. Cousa que nunca que pusera reparo, tal beleza no mundo em derredor.

Mas mui logo o Estrondoso deu de molestar dona Jerônima, por mor de que não tinha trato que não fosse o que dava às mulheres que caçava no mato, e a senhora, por decidida que fosse, miúda umburana-de-cheiro, inda assim vergava sob o peso daquela mão, sob a rudeza de suas palavras.

Atimbora, rambuêra dos inferno tudo. Se suma-se. Se suma-se, angaipaguera!

    Na relembrança do acontecido às sete bugras, a vontade de vingá-las, que se deixara adormecer um tanto, de novo se alevantou. Por mor de que dei de pensar que ao Estrondoso só faltavam duas a passar no facão, para chegar nas contas de Quitéria e mais suas irmãs, e que essas que faltavam seriam dona Jerônima e mais a minha pessoa. E em noite que por ausência do Estrondoso me tive nos carinhos da presença daquela formosa dama, nos remansos do seu corpo, dei por entendimento meu mesmo do que haveria que fazer, de qual que era a minha obrigação.

Das crônicas do amor

Nesse trecho adonde se arrancha agora a vida que me resta, penso que não devia senão de ter contado do amor desde o começo desse documento, arreparo agora. Mas amor não dá e nem nunca deu boa crônica dessas terras d'El-Rei, cousa que tenho por vista e pelo que tive de ensinamento, inda menos o causo de duas donas a se deitarem juntas no leito das delícias. E a guerra inda ruge além da soleira dessa casa e inda dá de fazer suas misérias pelo mundo, pois sim.

Certo que houve quem o dissesse àquele velho frei Manuel de que viviam em amancebo nas terras de grande comandante das campanhas d'El-Rei a sua viúva dona Jerônima de Cardim Froes e uma mameluca, chaboqueira, tida por Joaquim Sertão mas cujo nome de cristã era mesmo Rita Joaquina dos Goes. Que viviam as duas qual bastantes mulher e marido em grande pecado. Que criavam aos filhos naturais daquele comandante como se fossem seus legítimos filhos e que a uma chamavam de mãe e à outra chamavam de pai. Que dona Jerônima fizera petição de sesmarias devidas por El-Rei em pagamento ao seu viúvo marido, mas que não se tendo certeza de que mal que havia morrido o falecido, que pouco durara despois que se retirara das campanhas de Palmares e da Guerra dos Bárbaros, que não se desse seguimento que fosse a nenhuma demanda sua antes de investigação própria.

Apois nunca que chegou acá tal investigação e se viessem que viessem de passo manso que sob porfia de frecha e lâmina que seriam recebidos, tinha eu para mim, no meu entendimento.

Plantei dona Jerônima feito semente de flor tem pouco mais de um ano. Morreu como viveu, em beleza e sossego de sua pessoa, na boa velhice que o amor lhe logrou como hei de logo morrer também. Foi chorada por mim, por nossos filhos, pelos agregados tudo. E morreu, é certo, sem as grandes culpas que carrego, sem as visagens que me acompanham com o seu peso, com suas caras, com seus olhos mui abertos.
E inda ontem julguei de vê-la se rindo no terreiro, mui jovem, como no dia em que chegou nesse rancho, sua mirada da cor do céu e da cor do mar. E julguei de vê-la nua, os cabelos mui pretos estavam soltos e dançando igual com o vento.

Se for a minha morte que tal cousa anuncia, dou por vista que será mui doce.

Na quadrada do Piancó

Sete pombinhas avoaram no céu, sete cabrinhas pulam no seu campo estrelado, uma grinalda de sete enfeita sua cabeça, enquanto que o boi dá de puxar o seu carro e o boiadeiro que de tardinha cochila em seu sono, carregado em seu carro de barriga p'ra riba, abre uma frestinha de olho e pispia o céu e vê lá longe as sete pombinhas que avoaram, as sete cabrinhas pulando, a grinalda de sete deixando seu rastro no vento.

Pispio o céu e vejo Teçá, Inajás, Iaciara, Remunganha, Jandaia, Iabá e Juçara. Maria dos Anjos, Maria das Graças, Maria dos Santos, Maria Francisca, Maria Antónia, Maria Joana. Pispio o céu e vejo Tacuapu e Maria Grã. Pispio o céu e olha que evém dona Jerônima.

E o boiadeiro das almas evém tangendo tudo. Tem as feições de Klekleymiho, pispia! Não é?

Múmia encontrada no sertão paraibano tem possível identidade revelada

Descoberta feita pela equipe da arqueóloga Renata de Vaz e do Centro de Filologia Brasileiro oferece panorama inédito da história bandeirante.

Em outubro de 2013 uma descoberta no vale do Piancó, no sertão paraibano, sacudiu o cenário arqueológico brasileiro. Durante a abertura de um poço artesiano, no sítio Mococói, em Piancó, a 386 km da capital, João Pessoa, partes de um braço e de uma mão surgiram durante a escavação da obra. Mas isso era só o começo de uma grande descoberta, já que o dono daquela mão se encontrava sepultado ali mesmo, mumificado.

Descartada a primeira hipótese, de uma ocorrência policial, a equipe de pesquisa arqueológica da professora Renata de Vaz foi acionada. Há décadas, os setores de estudos arqueológicos e de paleontologia da Universidade de São Paulo atuam na área em cooperação com as Universidades Federais de Pernambuco e da Paraíba. Isso porque o sertão paraibano é zona de interesse desses pesquisadores devido principalmente ao famoso Vale dos Dinossauros, situado na região, estabelecido como um dos mais importantes e estudados sítios paleontológicos do Brasil.

A descoberta do sítio Mococói inaugurou uma nova frente para as pesquisas da região, incluindo agora o Setor de Arqueogenética da USP, chefiado por Vaz. A arqueogenética, ramo ainda pouco conhecido do grande público, dedica-se a estudar o DNA antigo humano, extraindo material de fósseis remanescentes. Ano passado, o cientista sueco Svante Pääbo, pai do chamado genoma neandertal, foi laureado com o prêmio Nobel de Medicina ou Fisiologia pelas contribuições no campo. Embora a múmia brasileira não seja tão antiga quanto os primeiros hominídeos, a arqueogenética tem sido uma das ferramentas aplicadas para o seu estudo, informa a pesquisadora. "Dadas as condições naturais do nosso território, situado em zona tropical, e ainda a acidez do solo, achados como esse são raríssimos. Para se ter uma ideia, a mais importante descoberta, anterior a essa, é de um grupo de indivíduos encontrados no século XIX em Goianá, interior de Minas Gerais", completa.

O ESTÔMAGO DA MÚMIA E OUTROS MISTÉRIOS

Chamado, desde a sua descoberta, de "O Encourado do Piancó", o indivíduo encontrado é também conhecido pelo código 1700017b/22 e o seu processo de mumificação natural e bem-sucedida só foi possível pela convergência de alguns fatores, como o fato de o solo do local de sepultamento ser rico em sais e, ainda, de as pedras que se empilharam ao seu redor, não se sabe se por conta de um evento natural ou por ação humana, terem formado uma espécie de câmara protetora. Mas o sucesso dessa preservação se deve em maior grau aos pelegos que envolviam o corpo que foram responsáveis por o trazerem até aqui na sua jornada de pouco mais de trezentos anos.

A professora Renata de Vaz oferece um pequeno panorama da vida e da morte desse personagem: "É presumível que tenha morrido durante o dia, quando ainda havia luz, uma flecha atravessando o olho direito quebrou-se na queda, outra na altura dos rins atravessou-lhe o intestino. Trata-se de um indivíduo do sexo masculino e pela degeneração da coluna é possível estimar a sua idade, aproximadamente, entre 60 e 70 anos. Resquícios de um emplastro que foi identificado como sendo de *Mimosa hostilis*, espécie popularmente conhecida como jurema-preta, indicam que sofria de erisipela".

UM BANDEIRANTE

Já há algum tempo os estudiosos cogitavam que o misterioso Encourado do Piancó se tratava possivelmente de um dos primeiros colonos daquela região, muito possivelmente um dos muitos bandeirantes, pelos vestígios de suas roupas e, mais precisamente, pelo gibão de armas com o qual foi sepultado, típica indumentária dos sertanistas que abriram trilhas no sertão nordestino. Sua identidade, porém, permaneceu um mistério que começou a ser solucionado há pouco mais de dois anos.

Nesse período, foram descobertos, no mesmo sítio arqueológico, os vestígios de uma capela, e as escavações em seu redor revelaram uma pequena arca de couro que trazia em seu interior um documento manuscrito semiconservado. O destino e o tratamento desse material, embora diverso daquele dispensado à múmia, em certo sentido também são semelhantes em seus cuidados. "São duas testemunhas de um passado remoto e por isso igualmente frágeis. Serão necessários ainda alguns anos de estudo e de exames para que possamos dar conta do seu conteúdo naquilo que for possível apurar", afirma a pesquisadora e filologista Marisa Mantel. No mês passado, ela publicou um artigo na renomada *Revista Andes de Arqueologia Sul-Americana* que revela um nome conhecido dos estudiosos dos movimentos bandeirantes pelo sertão nordestino: Jerônima Cardim Froes. Trata-se da viúva de Domingos Jorge Velho, sertanista e bandeirante que comandou as tropas que derrubaram o quilombo dos Palmares. No fragmento divulgado pela pesquisadora, se depreende que não apenas a viúva do famoso mestre de campo bandeirante como também ele mesmo viveram e morreram naquele lugar, fato que a historiografia confirma. A autoria do documento, no entanto, ainda não pôde ser estabelecida.

O FUTURO DA MÚMIA

Revirado por toda sorte de exames arqueológicos, forenses e de paleopatologia, o homem, que agora se supõe ser o bandeirante paulista Domingos Jorge Velho, aguarda a recomposição do seu rosto em três dimensões. Reconstituições como essa são de grande interesse científico e do público em geral. O trabalho será feito na Inglaterra, no mesmo laboratório que reconstituiu o rosto de Luzia, o mais antigo esqueleto humano encontrado no Brasil.

Perguntada se a exemplo da múmia egípcia Nesyamun, cuja voz foi reproduzida em um esforço comum dos pesquisadores do Royal Holloway, da Universidade de Londres, da Universidade de York e do Leeds City Museum, seria possível escutar a voz do bandeirante mumificado, saber o que há por ser dito, confirmar qual de fato é o seu nome e mesmo se se lembrará dele, a professora Renata de Vaz respondeu de forma enigmática: "Mas não foi a voz dele que estivemos ouvindo nos últimos anos?".

Matéria reproduzida da seção
"Ciência Agora", da Folha Diário,
São Paulo, edição de 8 de janeiro de 2023

Sentado em um banco rústico, mastigando a última refeição, a pele ruborizando pelo trabalho exato da mandíbula, Domingos Jorge Velho entrevira de alguma janela ou porta o dia absurdamente claro e depois, saindo ao terreiro, pouco antes de encontrar a morte, teria visto uma revoada de casacas-de-couro, rolinhas, caboclinhos? Se escutou o cancão, em seu gralhar severo, dando alerta de algum perigo, quem sabe tenha percebido um movimento estranho na vegetação em frente e tenha achado que fosse um preá ligeiro, assustado com a sua presença. Ou talvez tenha, defensivamente, levado a mão ao cinturão e pensado na proximidade de uma pintada. O sol lhe fisgando o ombro envelhecido teria ardido também na ferida que trazia na perna? O corpo pressentira a morte de algum modo, como uma coceira se alastrando ou o coração disparado? Teria lembrado, como dizem que se lembram aqueles que vão morrer, os dias estrondosos em que conduzia sua tropa pelos sertões?

E eis que lá vem a flecha de Auati.

Provisões do matolão

1. Inúmeros documentos, pesquisas históricas e livros dão conta da Guerra dos Bárbaros, e alguns autores que se debruçaram sobre ela fizeram juntos o percurso deste romance. A universidade pública brasileira tem sido o grande repositório atual sobre o tema.

2. São utilizadas ao longo do romance palavras do português castiço, do vocabulário tupi-guarani, do nheengatu paulista, das variantes sertanejas e do vocabulário xucuru, uma língua cariri. A maior parte dos significados dessas palavras é acessível em dicionários próprios disponíveis on-line.

3. O mito do Yaguarový é recontado por Alfred Döblin no romance *O tigre azul*.

4. O canto do tapiti está disponível no livro *O canto dos animais primordiais*, organizado e traduzido do guarani por Izaque João.

5. Um agradecimento especial ao setor de pesquisa da Biblioteca Nacional onde estive em 2023 procurando rastros de Domingos Jorge Velho.

6. Alguns primeiros leitores foram preciosos para que não me perdesse nos trechos e trilhas do sertão.

7. Este livro não teria sido possível sem o apoio da Companhia das Letras.

ESTA OBRA FOI COMPOSTA PELO ESTÚDIO O.L.M./ FLAVIO PERALTA EM ELECTRA
E IMPRESSA EM OFSETE PELA GRÁFICA CORPRINT SOBRE PAPEL PÓLEN NATURAL
DA SUZANO S.A. PARA A EDITORA SCHWARCZ EM MAIO DE 2025.

A marca FSC® é a garantia de que a madeira utilizada na fabricação do papel deste livro provém de florestas que foram gerenciadas de maneira ambientalmente correta, socialmente justa e economicamente viável, além de outras fontes de origem controlada.